UN MATIN ORDINAIRE

MARJORIE TIXIER

UN MATIN ORDINAIRE

fleuve
ÉDITIONS

MIXTE
Papier issu de sources responsables
FSC® C003309

Fleuve Éditions, une marque d'Univers Poche, est un éditeur qui s'engage pour la préservation de l'environnement et qui utilise du papier fabriqué à partir de bois provenant de forêts gérées de manière responsable.

Cet ouvrage est paru dans une première édition publiée par Librinova en juin 2018
ISBN : 978-2-265-14416-3

Dépôt légal : janvier 2020

À Muriel, Marianne et Quentin

« Au milieu du chemin de notre vie,
je me trouvai dans une forêt sombre,
la route où l'on va droit s'étant perdue. »

Dante, *La Divine Comédie*,
« Enfer », chant I

Laurence

Je n'ai jamais posé le pied à Valparaíso. J'ai étudié l'espagnol au collège, au lycée, rêvé d'un grand voyage, d'un périple en avion de milliers de kilomètres pour toucher ce nom, ce mot, ce pays : Val Paradis.

Ce matin, je cours. À défaut de voyager, j'ai une maison juchée dans un écrin de verdure. Je descends les escaliers, amorce les premières foulées, parcours quelques mètres de bitume et me voilà dans la nature.

Des écouteurs dans les oreilles, je choisis de la musique douce. Il me faut du calme pour entrer en course, c'est comme entrer dans l'eau. Je me relâche, le souffle profond, j'épouse les aspérités du grand pré, le chemin serpente jusqu'à la forêt. Une enfilade de sommets à gauche, un lac au loin à droite, mes pas s'enchaînent si bien que je ne prête pas attention à la clôture défoncée du pré de Vivien. Pas d'animaux égarés à l'horizon, je peux me laisser envoûter par la beauté cuivrée du paysage autant qu'il me plaît.

Dans la forêt au contraire, des brindilles craquent, les branches des arbres frissonnent et parfois c'est le tronc entier qui vacille. Je sursaute, je regarde, j'inspecte. J'ai toujours peur que quelque chose me tombe dessus.

Chaque fois que j'enfile mes baskets, une vieille rengaine me revient à l'esprit : « Ne va pas t'aventurer dans les bois toute seule… Tu pourrais te mettre en danger. »

Comme toutes les mères, je le répète à mes filles. Julie, l'aînée, tremble comme une feuille et s'imagine que le grand méchant loup va la dévorer toute crue. Annie dit qu'elle a toujours un couteau dans sa poche pour se défendre. Elle pense qu'elle serait plus rusée que le loup, plus rapide aussi parce que légère comme une plume. De mon côté, j'imagine les sangliers, les balles perdues en période de chasse, les sentiers si nombreux qu'il est facile de s'y perdre, une cheville foulée ou encore un petit malaise. Edmond y pense aussi, alors pour protéger nos filles, je leur interdis d'aller se promener seules dans les bois.

Si je le fais, moi, c'est pour m'aérer, oublier les tracas du quotidien, respirer l'air pur plutôt que les relents d'alcool de l'hôpital où je travaille. Avec mon père hospitalisé lui aussi, j'ai l'impression que mes journées s'enfilent dans de longs couloirs infiniment blancs ponctués de chariots encombrés de gants, serviettes, lunettes, fioles et bouteilles.

Immobilisé sur un lit, mon père a la maladie des os de verre. Présentement, il faut ressouder son fémur et son tibia. Chaque jour, je passe une heure en sa compagnie, après mon service du matin. Le vendredi, c'est différent, j'arrive à onze heures, juste pour lui, toute fraîche d'avoir couru, pris une douche, lissé mes cheveux au Babyliss. Parfois, je pose un léger vernis ivoire sur mes ongles. Quand je suis en service, c'est interdit, à cause des microbes. Pour les malades, mes doigts doivent être immaculés et mon alliance enfilée sur une chaîne en or autour de mon cou. Leur santé vaut bien ce léger sacrifice, mais quand je ne viens que pour mon père, j'ajoute une ou deux bagues à mes doigts et un peu de rouge sur mes lèvres.

Pour l'instant, je cours lentement. Je m'échauffe pendant vingt minutes, vingt minutes de chansons et de musique dans ma tête.

Je pense à Edmond qui ne parle pas beaucoup, sauf à son jardin. Il parle tout seul, refait sa journée, calcule les dimensions de ses murs, les quantités de béton, d'enduit, de tout ce qu'il fera le lendemain sur son chantier. Pour le reste, il préfère me laisser la parole. Il dit que je m'en tire mieux que lui, j'ai fait des études, j'ai le bac, des diplômes et tout le tralala pour parler à sa place.

C'est peut-être à cause de son silence que nous n'avons jamais voyagé. Edmond n'a jamais pris le train, alors l'avion…

Lui non plus n'aime pas que j'aille courir seule. Je dois l'appeler avant de partir et à mon retour. Je dois quitter la maison à la même heure exactement et rentrer soixante minutes plus tard exactement. C'est la condition. J'ai le droit de courir à condition de ne pas dépasser une heure, j'ai la permission d'être libre pendant soixante minutes, pas une de plus, après quoi je m'arrête sur-le-champ, à bout de souffle, pour appeler Edmond et lui dire que tout va bien.

Il répond « Super », et raccroche aussitôt.

Moi, j'ai la gorge qui se serre, je sais que je ne poserai jamais le pied à Valparaíso.

Ma voisine sait que je cours tous les vendredis à neuf heures précises et que je rentre tous les vendredis rouge écarlate à dix heures tapantes. Elle tire légèrement son rideau, comme ça, l'air de rien. Elle s'imagine peut-être que je ne la vois pas, mais je remarque le voilage blanc qui tremble et, si je regardais vraiment, je verrais même son œil me dévisager. Je fais comme si de rien n'était, je joue son jeu. Ça m'agace pourtant.

Je suis sûre qu'elle se dit que mon short est trop court et trop moulant et que s'il m'arrive un problème, ce sera bien fait. Elle se dit aussi que mon débardeur pourrait se transformer en T-shirt normal avec des manches. Elle se dit encore que je pourrais mettre un large blouson par-dessus pour ne pas montrer ma jolie poitrine bien ronde et cacher le ballottement que mon soutien-gorge ne peut contenir tout à fait. Si elle sortait de chez elle, elle saurait que je ne croise jamais personne quand je cours. Le vendredi matin, de neuf heures à dix heures, il n'y a personne sur mon parcours, jamais.

Après les vingt premières minutes d'échauffement, le sentier monte un peu, mais pas beaucoup. Au loin, j'aperçois à nouveau le lac, opale scintillante dans le prolongement d'une longue piste d'atterrissage.

Pas d'avion à l'horizon ce matin, allonger mes foulées me donne l'impression de commencer à planer tandis que mon corps dégourdi se fait plus aérien. Je passe près d'une étroite rivière obstruée d'arbres tombés çà et là. J'enlève alors mes écouteurs, sans doute pour entendre l'écoulement de l'eau. Je remonte la rivière, je la traverserai dans dix minutes environ, c'est la moitié de mon parcours, le meilleur moment, le moment où je parviens à écouter le silence, ou plus exactement, le chant de la nature.

Un jour, quelque chose d'extraordinaire est survenu. Je courais avec facilité, mes pieds étaient légers comme du coton, ma respiration parfaitement inaudible. Je me croyais transparente, invisible, une lumière dans la pénombre de la forêt. Et là, un peu plus haut, j'ai vu une flamme blanche, immense, une forme étrange, comme une aile articulée, silencieuse. Un éclair sur l'eau de la rivière. Cela n'a duré que quelques instants, mais je me revois parfaitement les yeux écarquillés, tenter de capturer l'image de cet oiseau que je ne pouvais nommer.

Il s'est peut-être envolé, je ne sais pas, je ne l'ai pas vu faire, mais il a disparu.

Toujours, quand je cours, je pense à l'oiseau, à ce moment de grâce, à la possibilité qu'il réapparaisse, comme ça, juste pour moi.

Après la rivière, la forêt se prolonge sur un chemin carrossable, c'est pour cela que Edmond n'approuve pas mon circuit. J'ai beau lui dire que je ne croise personne, il répond qu'on ne sait jamais ce qui se passe dans la tête d'un détraqué.

Si je me rends à ses arguments, je ne fais plus rien. Je ne sors plus de chez moi, Edmond n'aime pas marcher, faire du sport n'en parlons pas, voyager est un mot qu'il refuse d'inclure dans son vocabulaire, ne reste que la caravane au camping de Saint-Malo chaque mois de juillet parce qu'il adore regarder les bateaux et les étals de poissons.

Quand je lui ai dit que j'aimerais aller à Valparaíso pour notre voyage de noces, il a souri et m'a répondu qu'il avait réservé un hôtel cinq étoiles sur la côte atlantique. Le Val Paradis. J'ai affiché un sourire heureux. Il avait fait l'effort de m'entendre, je savais que je n'épousais pas Indiana Jones, mais juste Edmond pour qui Saint-Malo était un eldorado.

Je suppose que mon père est déjà en train de scruter sa montre pour que le temps s'écoule plus vite. Il m'attend dans une heure et demie précisément. Dans sa chambre, il a un compagnon qui s'appelle Charles comme lui et qui a la même maladie que lui. Charles attend que les os de ses pieds, bras et mains se recollent. Il est tombé dans les escaliers, la nuit, il avait envie d'un chocolat chaud et d'une tartine grillée. Il ne peut rien faire tout seul, c'est mon père qui lui allume la télé. L'ennui, c'est qu'il déteste la télévision, il n'écoute que la radio. Avec Charles, il ne pouvait plus l'écouter tranquillement, alors je lui ai apporté des écouteurs, de bons écouteurs qui n'abîment pas trop les oreilles.

Quand j'arrive à onze heures, je tire le rideau pour créer un peu d'intimité, mais je sais bien que Charles le compagnon écoute tout, même si Charles mon père augmente le volume de la télévision pour prendre des nouvelles de Julie et d'Annie.

Papa ne me demande jamais comment je vais. Je crois qu'il n'imagine pas que je puisse avoir des hauts et des bas comme lui. Certes je n'ai pas sa maladie, et même pas de maladie du tout. J'ai un mari, une belle maison, un travail intéressant et deux filles adorables, mais je ne vois pas pourquoi à moi aussi on ne demanderait pas parfois : « Comment tu vas ? »

Peut-être parce que je suis infirmière. Si je prends soin des autres, c'est que je sais prendre soin de moi. Après tout, à part Valparaíso, rien ne me manque.

Je viens de traverser la rivière. À la place de l'oiseau fantasmatique décolle une insignifiante tourterelle que je regarde à peine.

Je remets mes écouteurs en place, ma course dure depuis une demi-heure et je sens mes jambes s'articuler sans douleur, accélérer la cadence, s'emballer. Pendant dix minutes je vais courir à toute allure pour rejoindre dans les temps la ferme et le terrain carrossable.

Mon portable vibre à ma ceinture. En plein effort, je ne réponds pas, ça peut attendre que je sois chez moi.

À part courir, je n'ai pas de passion. Tout en moi est dévoué, offert, surtout à Julie, mon aînée, qui me réclame beaucoup d'attention. Elle craint que je ne l'oublie, pourtant jamais je ne l'ai négligée, mais toute ma tendresse va à Annie, allez savoir pourquoi je la préfère. Il paraît qu'une mère reste plus attachée au dernier de ses enfants, par instinct de protection, mais Annie n'en a pas besoin. Elle se balade toujours munie d'un sac à main en jean, avec des petites fleurs rouges brodées dessus. Elle me réclame des paquets de cigarettes en chocolat, me pique mes vieux tubes de rouge à lèvres, collectionne les colliers, bracelets et autres breloques, ne quitte pas ses tongs décorées d'un œillet en plastique. Elle fait sa vie sans se soucier de mon avis. Je suis sûre que si elle avait envie de partir en voyage, elle prendrait un billet d'avion aussitôt. Moi pas.

Et si Julie était malade ? S'il fallait aller la chercher ? Elle a toujours mal au ventre au moment de partir au collège. Elle a peur. C'est ma faute, j'avais peur aussi à son âge, peur d'être loin de ma maison et de ne jamais retrouver le bon chemin, peur que mon père ne pense pas à venir me chercher et me laisse toute seule, abandonnée comme le Petit Poucet. Parce que je n'avais pas six frères pour me protéger et me tenir compagnie, j'étais fille unique et ma mère était morte d'un cancer quand j'étais toute petite.

Longtemps, j'ai redouté d'attraper son cancer. C'est pour cette raison que je serais bien partie à l'aventure, explorer le monde en gardant mon ventre plat, mais Edmond m'a épousée et, après cinq ans de tergiversations, j'ai accepté de lui donner un enfant, deux enfants. Mon ventre est devenu tout rond, puis fripé comme la gorge d'un pélican. Julie est arrivée la première, deux ans plus tard Annie. Elles ont aujourd'hui douze et dix ans, tout va bien pour moi, je n'ai pas de cancer.

Je me suis souvent dit lors de mes grossesses que ma mère n'avait pas supporté la sienne. Sa maladie s'était logée dans son sein droit, elle avait bourgeonné à ma naissance ou peut-être même pendant et fleuri durant ma période bredouillante. Quand j'ai su parler, ma mère est morte. Elle avait fait son travail, je tenais debout, je savais m'exprimer, elle pouvait sans doute passer le relais à papa.

Il se peut que je coure pour rester en bonne santé. Je veux vivre longtemps pour mes filles. Annie n'a pas besoin de moi, mais Julie… Je lui ferai une quiche lorraine ce soir, elle en raffole. Elle ne me dira pas qu'elle a eu mal au ventre toute la journée. Je ne sais plus comment faire pour la soulager. Le médecin prétend qu'elle est trop anxieuse. Elle doit craindre que je meure parce que ma mère est morte. Elle porte mes souffrances, c'est l'aînée, je ne pouvais pas la faire autrement qu'à mon image.

C'est bien gentil de dire qu'elle est anxieuse et qu'il faut que… Que quoi ? Quel est le remède ? On ne donne pas d'anxiolytiques à une gamine de douze ans sous prétexte qu'elle a mal au ventre à longueur de temps, tous les jours de la semaine et de l'année et plus encore depuis qu'elle est au collège. Alors ? Je cours pour oublier ça aussi, mon impuissance à soulager la douleur que j'ai enracinée dans le ventre de ma fille.

Au-delà des trente-cinq minutes, je fatigue, alors je me cale sur la musique, ça me donne un coup de fouet et j'ai besoin de cette violence. Jamais je ne me dispute avec Edmond, c'est tranquille, parfait, lisse comme une peau de bébé, mais d'une fadeur pesante aussi.

Si ma mère avait vécu, elle m'aurait déconseillé d'épouser un artisan. Elle m'aurait dit qu'il me fallait un homme qui s'occupe de moi. Mais Edmond s'occupe de moi. *Oui, mais pas comme ça, pas juste en te faisant une belle maison et en allant travailler tous les jours jusqu'à point d'heure.* Elle aurait voulu pour moi quelqu'un qui soit là, comme mon père était là, quelqu'un qui écoute la radio, fasse des commentaires, ait un avis sur le monde, me demande comment j'ai dormi et comment je me sens le matin. Elle m'aurait dit : « Celui-là ne te rendra pas heureuse. Il n'a pas les mots pour quelqu'un comme toi, il ne saura pas te comprendre. » Moi, je ne regrette pas.

Je parie que la voisine est déjà derrière son rideau à m'attendre. Elle ne veut surtout pas me rater, tout écarlate, échevelée telle une pivoine sous le vent.

Jamais je n'arrive en avance, car je traîne pour être exacte. Aujourd'hui, je cours bien, j'ai déjà gagné deux minutes, parce qu'il n'y a rien d'exceptionnel à voir ou peut-être parce que hier soir, Edmond nous a préparé ses délicieux spaghettis à la carbonara. J'ai de l'énergie, plein d'énergie pour courir, faire mon chemin, oublier mes petits soucis. Parfois, je me demande s'il regarde encore mes jambes de temps en temps quand je porte une jupe au-dessus du genou. Je ne me souviens pas de l'avoir vu faire. Il ne me parle pas non plus de ma coiffure. Il est vrai que je devrais aller plus souvent chez le coiffeur. Il ne pense jamais à me complimenter, ce n'est pas son genre.

Ce soir, je devrais lui faire remarquer qu'on ne se touche plus, je devrais lui dire que je souffre qu'il ne dise rien de mes cheveux, qu'il ne chavire pas à l'odeur de mon parfum, que je sois là, comme une évidence, dans sa vie, dans son lit, dans sa nuit. Je devrais peut-être lui dire avant, au téléphone, à mon retour parce que c'est urgent ; il n'y a pas de temps à perdre pour les déclarations. Et puis, je pourrais m'arrêter là, face au lac, prendre mon portable, tout de suite, et lui dire : « Emmène-moi à Valparaíso, pour que tout redevienne comme avant. Je te regarderai de nouveau et tu me regarderas peut-être aussi, parce que je suis ta femme et que tu es mon mari et parce que l'on s'aime même si tu ne le dis pas et que je parle à ta place. »

Si je lui lance ça, comme ça, à bout de souffle au beau milieu de l'effort, il va s'inquiéter, penser que je cours pour rencontrer un autre que lui, lors d'une escapade d'une heure dont il ne saura jamais rien. Non, il serait plus sage d'attendre au moins dix heures, pas la peine de le brusquer. On n'est pas à quinze minutes près.

Après une source d'eau glaciale où je ne m'arrête jamais, la forêt se sépare en deux pour laisser place au chemin carrossable. Plus que vingt minutes avant de rentrer chez moi et je commence à ralentir la cadence.

C'est le début de l'automne, les feuilles se mettent à tomber et je sais que Julie sera contente ce soir, parce qu'elle n'ira pas au collège demain. Elle fait souvent des cauchemars les nuits qui précèdent les cours. Je suis obligée de me lever, de la réconforter, de la border, de l'abandonner. Edmond ne s'en occupe pas, il dort à poings fermés. Le matin, je lui raconte combien de fois je me suis levée pour consoler Julie, il me dit qu'il a de la chance d'avoir épousé une infirmière qui sache tout prendre en main. J'ignore si ce compliment me fait plaisir. J'aimerais parfois qu'il trouve la solution pour soulager notre fille, lui enlever les crampes dans son ventre et la libérer de ses peurs.

Quand j'aborde le sujet, Edmond n'écoute qu'à demi, persuadé que ça passera tout seul. Peut-être que c'est un psychologue qu'il nous faudrait pour Julie, parce que moi, même infirmière, je sens que je ne peux pas l'aider.

À dix heures, au téléphone, je ferai une nouvelle tentative. Mon mari est toujours content de savoir que je suis bien rentrée à la maison, ce sera plus facile pour lui de m'écouter à ce moment-là plutôt que face à face, ce soir, au salon.

Papa doit se dire que je serai bientôt à ses côtés, assise sur la chaise à sa droite devant le rideau blanc qui nous cache de Charles, sans l'empêcher d'absorber toute la conversation.

Inutile pour moi d'écouter les informations, papa me les résume en long, en large et en travers. J'ai même droit à son analyse et ses commentaires. Ensuite il semble se souvenir de ses deux petites-filles, demande si Edmond a toujours autant de travail, me suggère l'air de rien de lui apporter quelques délicieux chocolats pralinés.

« Ils me font tant penser à ta mère… » Ça, c'est sa phrase.

Depuis le temps qu'elle est morte, il pense encore à des détails aussi insignifiants que son goût pour les chocolats noirs pralinés. Il se souvient de son amour des roses blanches, raison pour laquelle il y en a toujours un bouquet près de son lit d'hôpital ou à côté de sa radio quand il peut enfin rentrer chez lui.

Edmond ne m'a jamais offert de roses. Au début, c'était une délicatesse. Ne pas m'offrir de fleurs est devenu une maladresse. Je ne suis pas du genre à faire des sous-entendus, des allusions ou des reproches déguisés. Je fais pousser des fleurs dans le jardin, avec les filles, on adore jardiner, et quand il n'y en a plus, j'en achète un bouquet par semaine, en même temps que je prends les roses pour papa. Chez nous, les roses n'ont pas leur place, je choisis de tout, sauf des fleurs à épines.

À partir de dix heures moins le quart, quelque chose change. L'atmosphère est différente, ce n'est plus le matin, c'est déjà la journée, le retour des soucis. Même s'il me reste du temps pour m'étirer et faire ma toilette, c'est l'heure de penser à l'organisation, au repas du soir et à la présence des ingrédients nécessaires dans le réfrigérateur ou dans le placard. Mes jambes s'alourdissent et la fatigue me gagne après l'intensité de l'effort. Je cours, mes ailes poussent ; je finis de courir, elles se rangent dans leur boîte jusqu'à la semaine suivante.

C'est là aussi que ma langue s'assèche et que je sors ma bouteille d'eau. D'habitude je la mets à ma ceinture, mais ce matin je l'ai oubliée. Je n'ai avec moi que mon portable et quelques morceaux de sucre, car il m'est arrivé de faire des hypoglycémies, surtout quand je lutte contre un point de côté depuis le début. Je viens de passer la redoutable descente qui me vaut souvent cette terrible douleur abdominale et aujourd'hui encore, ça n'a pas manqué ! Je ne dois pas savoir bien respirer, mes jambes s'emballent, mes poumons sont trop lents, il y a quelque chose de contrarié en moi, une certaine crispation sans doute.

C'est comme pour les voyages, je pourrais attendre que les filles aient grandi. Edmond serait moins accaparé par son travail, délivré de ses interminables calculs le soir au fond du jardin. Parfois, dans le fauteuil, je le vois encore parler tout seul, réfléchir. Et puis, il s'endort, et il ronfle. Les filles sont censées dormir elles aussi, en haut, dans leur chambre, mais Annie prend toujours un malin plaisir à lambiner au salon après être passée pour la troisième fois aux toilettes et avoir dérobé quelque chose dans le réfrigérateur parce qu'elle ne trouve pas le sommeil. Elle fait ce petit cinéma tous les soirs et réclame une faveur l'air de rien, un peu comme moi qui répète mon envie d'ailleurs toujours remise à plus tard.

Me voilà devant cent mètres de ligne droite, c'est comme un sorbet après un repas trop copieux. Mes jambes se détendent, mon rythme cardiaque ralentit. Je vais bientôt quitter la forêt, je savoure donc ces quelques secondes de facilité. Je regarde droit devant moi, l'horizon est mon point de mire, mais il est caché par les arbres, alors je cours les yeux dans le vide afin de me concentrer sur la cadence de mes foulées.

Pour vaincre ma peur des forêts, je n'ai jamais songé à prendre un couteau en plastique, j'ai mis des écouteurs dans mes oreilles pour me saouler de musique, me replier dans mon monde.

Arrivée au sommet de la côte, j'aperçois un homme debout, courbé, les mains sur sa poitrine, qui appelle à l'aide. Je n'entends pas ses paroles, je ne vois que ses lèvres s'agiter quand il se redresse tant bien que mal pour me faire signe. Je m'arrête et enlève aussitôt mes écouteurs.

Tout en moi s'agite, je sais ce qu'il faut faire.

Douleur à la poitrine. Je m'approche aussi vite que je peux en me répétant les gestes des premiers secours. Lui demander s'il arrive à respirer, s'il prend des médicaments, s'il a déjà eu une douleur identique auparavant. Lui demander aussi s'il voit bien clair, s'il a été opéré récemment. Ensuite, l'allonger sur le dos, m'accroupir derrière lui pour relever et appuyer son dos sur mes jambes afin de faciliter sa respiration. Lui dire de ne pas bouger, de rester calme pendant que j'appelle le 15. Et puis attendre, lui parler, le rassurer. Tout est clair dans mon esprit.

Il continue à se contorsionner. J'arrive près de lui et place aussitôt une main sur sa poitrine et l'autre dans son dos avant de lui poser les questions rituelles. Il tousse maintenant, se redresse et me dit qu'il va mieux, sans m'apporter de réponse. J'insiste, je suis infirmière, il ne faut pas prendre de tels symptômes à la légère.

Il a la quarantaine. C'est un homme svelte, beau garçon et sûr de lui. Il me dit de ne pas m'inquiéter, ça lui est déjà arrivé, ça va passer.

Mes mains sont toujours de part et d'autre de sa poitrine. Il se replie de nouveau, s'étouffe de plus belle. J'essaie de garder mon calme, je dois me faire confiance et appeler les secours au plus tôt.

Toujours recroquevillé, il fait quelques pas sur le chemin bordé de sapins. Je le suis, la main sur son épaule, au cas où il perdrait l'équilibre.

On s'approche d'une voiture, la sienne sans doute. Soudain, il se redresse, comme si de rien n'était, et se tourne vers moi.

Parce que cet homme a le regard flou et que je suis seule avec lui, mon cœur commence à s'emballer.

Je sors mon portable en reculant d'un pas, je vais appeler les secours, au cas où, on ne sait jamais.

Il y a une ferme un peu plus bas, une vieille ferme avec des poules qui courent partout et quelques chats sauvages.

On pourrait attendre là-bas.

L'inconnu semble enfin en mesure de me répondre.

Une chanson résonne encore dans mes écouteurs, mais je ne l'entends plus.

Thérèse

Ma voisine vient de partir en courant. En langage d'aujourd'hui on dirait que c'est une bombe. Pas qu'elle soit très jolie, non, mais bien faite, oui. Elle a des jambes fines. Que j'aurais aimé avoir ses mollets effilés pour porter des jupes droites moi aussi ! Mais à mon âge, j'en ai plus besoin. J'ai mon tablier. Je l'ai endossé pour mes soixante ans. La voisine, elle, enfile sa tenue d'infirmière à l'hôpital.

J'ai longtemps travaillé à la maison de retraite du village. J'y faisais un peu de tout, j'avais pas d'uniforme. Je suppose que ma voisine doit être ravissante en blouse blanche d'infirmière, pas parce qu'elle est jolie, mais parce qu'elle sourit beaucoup. Ses zygomatiques sont en béton, aussi musclés que les bras de son mari qui porte des parpaings à longueur de journée. Il bosse, lui au moins ! Elle, c'est j'te donne un cachet par-ci, j'te fais une p'tite injection par-là, ou pire, une prise de sang, mais sans le large élastique marron autour du bras, car ils ont des machins gonflants maintenant (le même pour tout le monde, ça change pas). Je suis sûre qu'elle dit : « Ça va aller, regardez par la fenêtre, pensez à votre plus beau souvenir... » Elle croit sûrement que ça marche, mais quand ça pique, les fesses se crispent.

À vrai dire, mes fesses, je m'en fiche, je ne les vois pas. Tant pis pour les autres, mais vraiment des fesses comme celles de la voisine, j'en aurais bien voulu. Je parle de ses cuisses, pour moi les fesses c'est les cuisses aussi. Un même mot pour mon arrière-train et le haut de mes jambes. J'ai toujours entendu dire comme ça. C'est comme pour le déjeuner. La voisine chante à midi sur sa terrasse : « Venez déjeuner les filles ! » Elle a une voix de rossignol. Elle crie pas, elle appelle. J'ignore comment elle fait, moi je criais toujours sur mes gosses, je gueulais dessus comme on dit, constamment.

Pour moi, déjeuner, il y a longtemps que c'est fait, à sept heures du matin, parfois même avant quand je peux plus tenir parce qu'à cinq heures je suis déjà réveillée, mais j'attends, la fenêtre ouverte, que le temps passe un peu. À l'heure d'*Amour*, *gloire et beauté*, je réchauffe du café dans une casserole, mais quand on me demande ce que je fais le matin, je dis que j'astique mes cuivres ou que je brique ma cuisine. Je peux quand même pas avouer que ça fait vingt ans que je suis accro à cette série dont il est fort possible que je connaisse jamais la fin (si je meurs avant). Donc pour moi, déjeuner c'est tôt le matin, pour ma voisine c'est vers midi, toujours un peu après et quand c'est les vacances, on déjeune en face jusqu'à quatorze heures le week-end. On se demande comment les filles peuvent être cadrées ; la preuve, elles se marrent tout le temps, surtout la plus jeune.

En plus de ses jolies jambes, la voisine a de jolis seins. Pour ça, je suis pas jalouse, les miens étaient encore plus gros. Ils le sont toujours, ça donne du volume à mon tablier. J'ai l'air d'une soupière, étroite en bas, évasée en haut, et ma tête aplatie comme un couvercle. Quand je m'installe, à midi pile, pour dîner (parce que moi, c'est comme ça que je dis les choses), ma poitrine se pose naturellement sur le rebord de la table. Mes seins sont ma serviette, dans quelques années, ils deviendront mon bavoir.

Avec mes seins et mon tablier, je suis bien conservée pour mon âge, sans avoir jamais eu à courir. Pas de temps libre, voilà qui maintient plus en forme que tous les moments perdus à faire du sport.

J'ai un sixième sens. Dès qu'elle ouvre sa porte, un signal retentit dans ma tête, même au jardin, je le capte et jamais je ne loupe la moindre de ses actions. C'est plus important que ma série télé, mais ça dure moins longtemps.

Pour tirer le rideau, j'y vais mollo. Je fronce à peine le tissu, mais assez pour bien la voir. Je fais jamais ça pour Edmond, il ne m'intéresse que pour me dépanner quand j'ai une fuite ou un petit désagrément. Il est bonne pâte. Je lui donne une bouteille de bière ou de pastis, ça lui va toujours. Il me remercie et me dit : « À la prochaine. »

Les filles sont bien jolies, mais je ne cherche pas à les voir non plus. Elles font un bruit ! Surtout quand elles jouent à la balançoire, ça chante à tue-tête, en particulier la cadette qui vocifère des imbécillités. Le pire, c'est l'été, dans leur piscine gonflable. Les filles y passent leurs après-midi en petite tenue, l'aînée porte un maillot de bain fuchsia sur lequel est écrit en grandes lettres jaunes « Super-nana ». L'eau gicle partout, ça hurle, ça crie, ça rit et ça patauge, le poste à fond avec cette même chanson en boucle qui n'a aucun sens, sans doute d'un nouveau groupe de sauvages. Moi, connais pas.

Bref, les filles, Julie et Annie, sont la plaie de mes vieilles oreilles. Même dans le silence de l'hiver, elles trouvent encore le moyen de piailler en faisant un bonhomme de neige.

La voisine est calme, elle crie pas, sa voix de rossignol appelle. Si j'allais à l'hôpital, j'aimerais qu'elle soit mon infirmière. Je sentirais ses seins se pencher sur moi quand elle réglerait ma perfusion, ses jolis seins ronds, comme les miens. Elle porterait sa blouse blanche, pas un tablier, non, une blouse, toute propre chaque matin.

Sa présence m'est si rassurante que j'aime pas la savoir courir toute seule aussi longtemps. Un accident est vite arrivé. C'est pour ça que je guette son départ et son retour. Si elle est pas à l'heure, j'appelle les secours. Je fais le 17, je me présente : « Thérèse Mollard, voisine de Laurence et Edmond Vasseur, domiciliée village de Saint-Sulpice au... et ainsi de suite, ma voisine Laurence est pas rentrée de son footing, il faut déclencher les secours d'urgence. »

Si ça arrivait, je vivrais mon heure de gloire, car être simple femme de ménage et élever ses enfants quoi de plus banal ? Je deviendrais enfin quelqu'un d'important et on ne me reprocherait plus de faire la commère der rière mon rideau. C'est vrai, je l'avoue, quand je m'ennuie je regarde aussi Julie et Annie jouer à la balançoire. Et je regarde Edmond tondre le gazon torse nu. Mon mari n'était pas aussi musclé, pas aussi séduisant non plus. C'était juste mon mari, je sais plus ce qu'il faisait exactement comme métier, j'ai oublié.

Là, présentement, ma voisine court depuis un quart d'heure, j'en profite pour faire la vaisselle avant mon feuilleton. Deux fois. Toujours. Je lave au savon, je rince, j'égoutte, j'essuie. Je pose sur le plan de travail en formica. Je reprends chaque objet et je recommence. Il paraît que le liquide vaisselle est cancérigène, alors je rince plutôt deux fois qu'une.

Et s'ils me posent quinze mille questions sur moi ? Pour être sûrs que ça vaut la peine de se déplacer, de sauver ma voisine ? Ça pourrait me porter préjudice, j'étais voleuse dans mon jeune temps. Je volais dans la caisse de la maison de repos. C'est pour ça que j'ai été renvoyée, j'ai explosé, si on peut dire. Je voulais être comme la grenouille, plus riche que les aides-soignantes et les infirmières. À la fin, je volais même les vieux. Oh ! comme ça, pas beaucoup, quelques francs, des pièces de dix. C'était comme un jeu.

Je suis sûre que ma voisine ne chipe rien à ses malades. À cause de sa blouse à même le corps. Pour moi, avec mon large pantalon, c'était facile. C'est peut-être pour ça que j'ai un fils en prison. Il a pris deux ans. Trafic de drogue.

Parfois, Julie m'apporte une part de dessert le dimanche. C'est sa mère qui l'envoie. Annie l'accompagne de temps en temps, mais elle veut pas rentrer chez moi, elle dit qu'elle préfère prendre l'air. Je donne quand même un bonbon pour elle à Julie. Je veux pas faire de différence, mais Julie est ma préférée, parce qu'elle est gentille, polie et bien élevée. Un vrai petit ange. Elle parle pas beaucoup et remercie dix fois. C'est toujours Annie qui hurle des absurdités. Julie se contente de se balancer sur la balançoire et de cueillir des pâquerettes pour en faire des tresses. Elle se tait, on l'entend pas. C'est peut-être pour ça qu'elle pleure tous les matins, surtout depuis qu'elle va toute seule à pied prendre le bus. Elle fait signe à sa maman qui lui fait signe aussi et je la vois essuyer ses larmes d'un revers discret de sa main droite. Tous les jours pareil. Je suis sûre qu'un peu plus loin, elle sort un mouchoir en papier, se mouche un bon coup, cligne des yeux pour dégonfler ses paupières et pas montrer aux enfants du village, à qui elle ose pas parler, qu'elle a pleuré en quittant sa maman. C'est bien triste pour cette petite. Si j'étais sa mère, je l'emmènerais au collège pour la rassurer, au moins pendant quelque temps, mais Laurence peut pas, elle s'occupe d'Annie qu'il faut emmener à l'école elle aussi. Elle peut raisonnablement pas se couper en deux.

À l'heure qu'il est, ma vaisselle terminée, installée avec ma tasse de café devant ma série préférée, je pense à ce qu'il me faut pour préparer le dîner. Cuisiner pour moi toute seule, c'est pas réjouissant. Parfois, je donne une part à la voisine pour elle et les filles. Je donne de la ratatouille (légumes de mon jardin) ou un ragoût de tomates, hachis de porc en boulettes avec saucisses de Strasbourg, le tout mariné dans du riz. Les filles adorent, Laurence, je sais pas. Elle parle jamais d'elle. Elle détourne toujours la conversation quand on lui pose une question. Comme elle est infirmière, je lui raconte mes malheurs de santé. Dès que j'ai la visite du docteur, je l'appelle pour savoir ce qu'elle pense du traitement qu'il m'a donné. Jamais je l'embête quand elle va courir, j'attends qu'elle rentre du travail. Il paraît que son père est à l'hôpital, il a la maladie des os de verre. Il est pas beaucoup plus âgé que moi, je pourrais lui rendre visite un jour, mais j'y tiens pas. Je me suis assez occupée de mon mari quand il a eu son cancer du poumon (pas à cause du liquide vaisselle, mais des cigarettes) pour me passer de ce genre de corvée.

Quelle idée de courir pendant une heure ! Après ma double vaisselle, mon feuilleton télévisé et le retour de ma voisine, j'irai chercher du persil au jardin, il en reste presque plus, l'automne sera bientôt là, même s'il fait encore très doux.

Je déteste jardiner, ma voisine c'est tout le contraire, elle y passe des heures en chantonnant avec Annie qui fait comme elle, pendant que Julie participe en silence. Je crois qu'elle aime pas gratter la terre, planter des fraises et cueillir des légumes, mais elle ose pas le dire. Un jour, je lui ai offert un livre de contes, comme ça, pour le plaisir, parce qu'il y avait ce beau livre au petit magasin où il y a de tout et qui va bientôt fermer parce que la propriétaire part à la retraite et que Saint-Sulpice est à côté de Chambéry où il y a toutes les boutiques du monde. Bref, comme ça, je lui ai offert. Elle rentrait de l'école, je lui ai fait signe d'approcher. Elle est venue, je lui ai donné le livre. Elle a dit merci vingt fois. J'ignore si elle l'a lu, si elle l'a aimé, si elle a mieux dormi après.

Tout à l'heure, il faudra pas que j'oublie d'aller chercher le persil, je le laverai avec du vinaigre, à cause des limaces et des fientes de moineaux et de toutes ces choses qui se déposent salement sur mes légumes et aromates. La voisine a un espace particulier pour ça. Edmond lui a fait des carrés de terre encadrés de rondins de bois. Elle a même pas à se baisser pour cueillir la ciboulette. Si mon mari avait été encore en vie, je lui aurais demandé de me faire pareil, mais il est plus là, mon fils libre est incapable de tenir une bêche, l'autre n'en parlons pas. Ma ciboulette restera par terre, ça m'entretient.

Le persil égouttera une heure et demie dans la passoire, ensuite je pourrai me préparer une omelette avec. C'est vite fait. De onze à douze, j'aurai qu'à faire les poussières avec mon plumeau tout neuf. C'est pas fatigant. Je cire une fois par semaine, le mercredi.

Je lave tous les jours, à cause du chat. Je voulais pas de ce parasite, mais Julie m'a suppliée de l'adopter parce qu'il pissait partout dans son jardin et que son père menaçait de le noyer si personne n'en voulait. Je l'ai pris. Depuis, je lave tous les jours parce que cette bestiole m'en fout partout.

Dans moins d'un quart d'heure ma voisine va faire son apparition au bout de la rue. Elle sera rouge tomate, les cheveux trempés. Elle aura une bonne raison de les laver et d'éviter qu'ils graissent, mais ça ne les empêchera pas de blanchir. Mes cheveux à moi sont blancs, mais à mon âge, c'est élégant. À son âge, c'est négligé. C'est dommage, car elle a un visage pas vilain du tout. Elle devrait se faire faire une couleur, des mèches rousses et une coupe courte avec un balayage sur les tempes. Je suis sûre que ça lui irait bien, Edmond lui ferait des compliments, les filles aussi. Ça changerait de son carré.

À son âge, avec mes pièces de dix francs, en plus de m'acheter des cigarettes, je me faisais faire des teintures rousses chez la coiffeuse. Elle s'occupait de moi, on papotait. Il s'en passe tous les jours dans un village.

Il y a quelques années, par exemple, la fille qui travaillait au magasin s'est mise à raconter qu'elle s'était fait violer dans la forêt. J'ai su ça chez la coiffeuse, bien sûr. Elle a accusé un homme respectable du nouveau lotissement. Personne l'a écoutée. Personne l'a crue. Après, elle a disparu.

Je suis sûre que ma voisine a une bombe lacrymo dans sa poche, au cas où. D'ici dix minutes, elle va apparaître et s'arrêter devant la porte. Elle prend pas le temps de souffler que déjà elle sort son téléphone et prononce quelques mots avant de raccrocher et de s'étirer contre le mur. À mon avis, elle appelle Edmond pour lui dire qu'elle est bien rentrée. Lui doit avoir la pétoche de la savoir toute seule dans la forêt.

Mon mari a fini ses jours à l'hôpital. Il aurait voulu mourir dans son lit, comme tout le monde, mais ça n'a pas été possible. Il fallait des infirmières, des médecins, des médicaments, des soins à n'en plus finir pour le maintenir en vie et lui éviter de souffrir, parce qu'un cancer du poumon après une vie à deux paquets par jour, ça pardonne pas. Quand j'étais près de lui, tous les après-midi, il parlait pas, il pleurait… de peur. Je l'avais jamais vu craindre quoi que ce soit, mais, face à la mort, il était comme un enfant, comme Julie qui pleure tous les matins. Tout seul.

J'ai pas eu les mots pour l'apaiser, les infirmières étaient plus délicates, elles lui caressaient les cheveux, lui disaient que tout irait bien. Elles lui mentaient gentiment, par politesse. Souffrir pour mon mari, je pouvais pas, parce que mon fils se droguait et qu'il fermait les yeux.

Je me poste à la fenêtre, ma voisine va pas tarder à arriver. Elle risque même d'être en avance, elle est partie plus vite que d'habitude. Si seulement j'avais un prétexte pour l'attendre sur le pas de la porte. Il faudrait qu'un vendeur de matelas se présente maintenant, j'écouterais son laïus en observant son retour.

Après la maison de retraite, j'ai plus touché aux pièces de dix. On m'a dit que j'avais un casier judiciaire, je suis jamais allée vérifier, peut-être que c'est pas vrai. Mon fils, en prison, en a un, lui. C'est écrit *dealer* dessus, ou peut-être trafiquant de drogue, parce que *dealer* c'est pas français. Au début, il me disait qu'il allait chez son dealer comme je disais que j'allais chez la coiffeuse. Après, il est devenu dealer. Toutes les pièces de dix francs que j'ai volées sont un grain de sable comparées aux euros qu'il a amassés. Il s'est acheté des lunettes noires, des Ray Ban (il paraît que c'est une grande marque, même Sarkozy en portait) et une Mercedes noire (d'occasion). Il a dû se payer une femme aussi, parce que la blonde qu'il a jamais voulu faire entrer dans la maison, qui restait dans la Mercedes à la place du mort, c'était pas le genre de fille à la portée de tout le monde. Une fois, je l'ai vue, debout, accoudée à la voiture avec des lunettes noires de je sais pas où, c'était trop beau pour mon fils. Ça n'a pas duré. Maintenant il est en prison et la blonde sur le trottoir, probablement.

Dans trois minutes, il sera dix heures, mon horloge sonnera les dix coups. C'est une détonation grave et lente, la ritournelle des jours qui passent. La nuit, je l'arrête, elle m'empêche de dormir depuis la mort de mon mari. Maintenant que je suis seule dans un grand lit, j'ai l'impression que la nuit est remplie de bruits. Chacun me réveille, mais l'horloge... Je la remets en route, c'est mon premier geste de la journée, après les lunettes et le passage aux toilettes.

Ma voisine va bientôt revenir et j'aurai de quoi faire pendant un quart d'heure. Et tout ça pile poil après ma série. Elle commence toujours par toucher le sol du bout des doigts. J'ai jamais su faire ça. Je suis pas assez souple malgré tout le travail que j'ai abattu, j'ai jamais pu toucher le sol avec mes doigts les jambes raides, impossible, pas la peine.

Quand j'ai été virée de la maison de retraite, je suis allée travailler à la ville, pour cacher mes antécédents. Je me suis mise à laver les carreaux, j'ai rendu transparentes la majorité des vitres des bâtiments municipaux pendant quinze ans. Un bon métier, c'était mieux que l'hospice. Je prenais l'air une fois sur deux. J'écoutais les conversations dans les bureaux, j'espionnais par-ci par-là, je volais pas.

Après la tête en bas, la voisine attrape son pied droit et le remonte derrière ses fesses. Elle s'appuie contre le mur, compte jusqu'à soixante, fait pareil avec l'autre pied, quatre fois de suite. De mon côté, je compte les secondes avec l'horloge, parfois elle triche, surtout à la fin. Elle s'arrête à quarante. Je crois que la troisième série est sa préférée, elle écrase le pied contre le mur, pour s'étirer les mollets, enfin, je suppose. Ils sont déjà si fins et galbés qu'elle en a pas besoin. Brusquement, je la vois sursauter, reposer son pied et monter quatre à quatre les marches du perron pour prendre une douche. Elle ressortira à onze heures moins le quart, parfaitement fraîche et blanche et détendue. Un vrai miracle !

Plus que trente secondes, je serre un peu plus le rideau pour la voir arriver du plus loin possible. 20, 19, 18, 17, 16, 15, pas de Laurence à l'horizon. Elle va être en retard si ça continue… 10, 9, 8, 7, elle arrive pas encore, c'est pas normal, 5, 4, 3, elle sera jamais à l'heure, 1, 0.

Elle est pas là.

L'horloge sonne. Pas de voisine.

Pour la première fois de sa vie, de ma vie et depuis des années, la voisine n'est pas rentrée à l'heure. Là, elle devrait déjà appeler son mari, tout essoufflée, rouge écarlate, mais rassurante et aimante comme toujours.

Je prends le téléphone au cas où, il est sans fil et c'est bien pratique. Je prends aussi ma feuille de numéros écrits en gros.

Je passe la porte, j'épie, j'avance sur le trottoir. Ça me donne le tournis parce que je sors jamais de chez moi d'habitude. J'ai soixante-dix ans, mais je suis vieille, vieille, parce que mon fils est en prison. Bientôt, il sortira, je sortirai peut-être aussi, si j'ai plus honte de lui, plus honte de moi non plus d'avoir volé des pièces, espionné les histoires des autres, oublié mon mari, je sais plus quel métier il faisait avant, je suis encore jeune pourtant. La voisine… pas de voisine, personne au bout du trottoir, je la vois pas courir et arriver vers moi. Les secondes passent, elles passent vite, le rythme de mon cœur s'accélère. Je suis sortie en pantoufles avec mon tablier à rayures. Si on me voit, on pensera que je suis une vieille. On devient vieux le jour où on prend le tablier, c'est un signe.

Laurence est toujours pas là, il y a anguille sous roche. Je sais plus à combien j'en suis, je reprends à zéro.

Si elle traîne plus longtemps, elle pourra pas s'étirer.

Qu'est-ce que ça fait si on s'étire pas ?

On gagne du temps.

Je rebrousse chemin, la voisine n'est pas rentrée. J'ai beau me retourner, personne.

Elle a forcément une bombe lacrymo et ça craint rien par ici, elle doit papoter. Ou peut-être a-t-elle fait une escapade, du genre, je vais retrouver mon amant dans les bois ? Et Edmond alors ?

J'ai trompé mon mari aussi, souvent, grâce à ma belle poitrine, c'était facile. Rien de sérieux, juste agréable, je regrette pas, je pourrais plus maintenant. Pas parce que j'ai soixante-dix ans, mais à cause du tablier. C'est fatal ! Une femme en tablier c'est comme un chapon. On n'en attend plus rien de ce côté-là.

Devant chez moi, tout est normal. Devant chez elle, on dirait qu'il fait noir. Il y a un nuage gris sur sa maison. Un corbeau croasse au-dessus de sa porte, il s'est posé sur le fil électrique. Je regarde, rien, rien à regarder que la route, vide. Ma voisine est pas rentrée.

J'attrape le téléphone.

Si j'appelle le 17, police secours, ils vont me demander qui je suis. Je dirai : « Je suis Thérèse Mollard, la voisine de Laurence et Edmond Vasseur qui habitent au… et ainsi de suite, voilà c'est urgent, ma voisine n'est pas rentrée à dix heures précises de son footing. C'est pas normal, ça n'arrive jamais, depuis plus de dix ans qu'elle court, c'est une vraie sportive, avec son short et son débardeur, son bandeau, son portable et sa bouteille d'eau. »

Mais j'y pense, elle avait pas sa bouteille à la taille aujourd'hui !

Elle a pas couru, elle a fait semblant pour faire autre chose, dans les bois, à la sauvette.

Non, pas Laurence, pas ma voisine, pas elle.

Et si on me croit pas ? Si on me prend encore pour une menteuse même après tant d'années de bonne conduite ? Si on me dit qu'il est trop tôt pour s'inquiéter, que ma voisine va bien finir par rentrer, comme toujours ?

Je sors ma feuille de ma poche, j'appuie sur les numéros écrits en gros. Doucement, pour pas me tromper, mes mains tremblotent, mes doigts sont moites.

J'appelle Edmond, lui au moins posera pas de questions.

Ça sonne, une fois, deux fois, j'entends sa voix.

C'est le moment, mon moment, l'unique moment de faire quelque chose de ma vie pour devenir quelqu'un.

Je prends une forte inspiration, j'articule, je m'applique.

— Allô, c'est la voisine. Laurence n'est pas là, elle est pas rentrée de son footing !

Il a rien dit ou j'ai rien entendu d'autre qu'un bip au bout du fil.

Je reste sur le pas de la porte, j'attends…

Personne.

Charles

Mon voisin m'a encore demandé de hausser le volume de son crincrin, autant dire du minuscule téléviseur que je lui ai permis d'orienter vers lui seul parce que la télévision m'indiffère, m'excède et m'exaspère, surtout quand elle est branchée en permanence. D'habitude, j'arrive à avoir une chambre individuelle. Je suis un familier de cet hôpital à cause de ma maladie. Je l'ai contractée après la mort de ma femme. Je me suis cassé, comme un vase tombé au sol, parce qu'elle n'était plus.

Si les morceaux se sont périodiquement recollés, c'est seulement parce qu'il y a eu ma fille. Sans elle, mes os se seraient pétrifiés, ils auraient insidieusement absorbé toute la moelle pour me précipiter dans la tombe avec ma femme.

Mourir pour la retrouver, j'y ai souvent pensé. Certains l'ont fait. Mes voisins par exemple. Lui est mort à quatre-vingt-cinq ans. On l'a enterré un mardi matin à dix heures précises. Une semaine plus tard, on enterrait sa femme de cinq ans sa cadette. Même cérémonie, même heure précise, mêmes fleurs, mêmes enfants un peu plus effondrés devant la tombe qui emmenait leurs deux parents, dans un séisme fou, l'acmé avec le père, la réplique avec la mère.

Cela me rappelle un passage de *Lettre à D.* Dans ce petit livre, le philosophe André Gorz raconte comment l'idée de suivre le cercueil de sa femme Dorine lui est insoutenable. J'ai pleuré, en lisant ce passage. Je l'imaginais lui, André, figé devant la tombe de sa femme adorée, celle qui avait toujours été à ses côtés pour le soutenir et l'encourager, celle qui avait renoncé à avoir des enfants pour l'aimer absolument, celle qui ne s'était pas laissé séduire par Jean-Paul Sartre parce que son André était son tout. Pour lui, elle s'était remise d'une maladie rare, pour qu'il n'explose pas en mille morceaux, comme moi, quand j'ai perdu Anne. Bien plus tard, quand la mort a rôdé autour de Dorine une fois encore, il a décidé de partir avec elle. Un dernier voyage, ensemble, rien que tous les deux. Ils se sont allongés sur leur lit, parfumé à la lavande sans doute, rien n'est plus doux pour s'aimer dans la délicatesse que la lavande. Anne en mettait partout. Ils se sont embrassés, dit « je t'aime » en se serrant l'un contre l'autre. Une dernière fois, l'odeur de leur corps s'est insinuée dans leurs narines, plus forte, plus palpable comme toute chose qui se fragmente dans ses derniers moments. Ils sont partis, un comprimé sous la langue, pour un voyage sans retour. Tous les deux, unis à jamais, dans un même souffle.

Souvent, je me suis demandé qui avait osé les séparer l'un de l'autre pour les mettre chacun dans un cercueil, parce que jusqu'à preuve du contraire, je crois que personne n'a encore jamais pensé à inventer les cercueils à deux places. Il y a bien des lits à deux places. Deux places dans les bus, tramways, avions, des vélos à deux places aussi, deux places dans les autos tamponneuses, les chaises volantes des manèges, les baignoires et même le corps humain où tout se conjugue en double. Toujours deux, double, tandem, couple pour danser, deux jambes, deux bras pour enlacer comme sur la photo en noir et blanc du livre d'André Gorz dédié à Dorine. Ah ! que j'ai pleuré !

Le corps de ma femme chérie a disparu depuis si longtemps. Qu'en reste-t-il maintenant ? Des os… en meilleur état que les miens peut-être. Anne me les aurait donnés si elle avait su que mon squelette allait fatalement s'effriter par sa faute, sa grande faute d'avoir quitté la vie bien avant moi, trop tôt. Si elle avait vécu, on serait peut-être morts ensemble comme André et Dorine, mais pas dans notre lit, non. On serait partis en voyage, très loin. On aurait cherché une grotte et on aurait oublié le temps, en un baiser d'adieu, pour l'éternité, ensemble.

Mais peut-être qu'on n'aurait pas fait ce choix-là tous les deux et qu'on serait finalement partis l'un après l'autre, pour ma fille Laurence, pour Julie et Annie aussi. Et puis, on aurait pu avoir d'autres enfants…

Sans ma femme, livré à moi-même, mes os se sont cassés puis recollés parce que Laurence avait grand besoin de moi, d'un père et d'une mère à la fois. Je l'ai aimée pour deux, pour sa mère absente et pour moi malade. Je crois que c'est pour cela qu'elle sait si bien aimer aujourd'hui et qu'elle est devenue infirmière. C'est pour cela aussi qu'elle a choisi Edmond, un cœur en vrac.

J'ai interdit les roses à la mort de ma femme. C'était devenu impossible de regarder sa fleur préférée s'épanouir, alors qu'elle n'était plus. On a déterré tous les rosiers, j'ai coupé les branches au sécateur, les troncs à la scie. Laurence a pleuré. Je lui ai dit : « Ce n'est rien ma chérie, on plantera des marguerites, des pivoines et des lis à la place. Ça ne pique pas au moins ! » Je ne voulais plus souffrir. Je voulais oublier. J'ai changé d'avis depuis. Anne me manquait trop, seules les roses me la rendaient encore un peu. J'en ai partout réclamé des bouquets, même Christiane m'en a parfois apporté, des roses blanches de son jardin.

Charles mon voisin vient de me demander d'augmenter encore le volume du téléviseur. La barre s'affiche en bas de l'écran, ça évolue crescendo. Le matin, on commence à cinq carrés, puis ça progresse toutes les heures pour finir au maximum. Il est un peu sourd et n'aime pas lire, alors à part regarder la télévision, il n'a rien à faire et pas beaucoup de visites non plus. Son fils est un grand musicien, toujours en tournée, qui a deux enfants dont il faut s'occuper depuis que sa belle-fille tient un magasin de décoration en ville.

En ce moment, la femme de Charles garde la petite dernière qui ne va pas encore à l'école. Ewa ne vient donc à l'hôpital que le soir, après dix-neuf heures, sauf le week-end. Elle n'est plus toute jeune, mais qu'est-ce qu'elle est belle ! Charles a bien de la chance de la voir vieillir. Dire qu'il y en a qui s'injectent des machins dans le visage pour paraître plus jeunes, des femmes poupées Barbie à perpétuité.

Ma fille a longtemps joué avec sa Barbie. On allait acheter des vêtements de princesse à la petite boutique du coin. Laurence regardait une à une les tenues posées sur un carton recouvert d'un film plastique. Elle choisissait sa préférée, me la tendait sagement et parce qu'elle était la plus reconnaissante des enfants, je lui disais : « Prends-en une autre. » La voir sourire me rassurait, c'était ma manière d'essayer de lui faire oublier celle qui n'était pas là. Alors Laurence rapportait une autre robe à fleurs d'une autre couleur pour sa Barbie qui s'appelait Anna, pas tout à fait comme sa maman, mais presque, en souvenir, inconsciemment. Je crois que c'est pour la même raison qu'elle a choisi d'appeler sa seconde fille Annie.

Après la mort de ma femme, je me suis mis à écouter la radio tous les matins, pour éviter de remarquer que fatalement, jour après jour, je prenais seul mon petit-déjeuner. Laurence n'a jamais rien mangé le matin. Elle voulait dormir jusqu'au dernier moment. Elle était si fatiguée... Très tôt couchée, très tard levée. Heureusement, elle a changé pendant ses études d'infirmière. Je crois que s'occuper des autres lui a évité de se laisser aller.

Comme elle était sage petite ! Trop sage. Une vraie image, pareille à celles qu'elle recevait tous les jours à l'école en récompense, des grandes images, avec des dessins d'arbres, de fleurs, de prairie et d'animaux de la ferme qu'elle m'offrait le sourire aux lèvres et que je rangeais dans une enveloppe. Laurence ne demandait pas grand-chose. Elle voulait déjà une blouse d'infirmière et un stéthoscope pour soigner les malades. Le matin, avant de partir à l'école, elle me demandait de donner le biberon à sa poupée et de changer ses vêtements. Je le faisais.

Julie ressemble à Laurence quand elle était enfant, toute discrète, le contraire d'Annie qui a toujours son mot à dire.

Pour Julie, il faudra beaucoup d'amour, autant d'amour que de livres qu'elle aura lus en cachette dans sa chambre. D'ailleurs, j'ai remarqué que des livres ont disparu à la maison. Dans la série de la Bibliothèque rose d'abord. Depuis quelque temps, ce sont plutôt ceux de la verte qui sont touchés. Ces livres ont des pages jaunies qui empestent la poussière, mais cela ne dérange pas Julie.

Anne les avait gardés précieusement, pour Laurence, quand elle aurait l'âge. Elle aimait lire à s'en saouler. Je n'ai jamais touché à sa bibliothèque, Laurence non plus, elle avait d'autres envies. Finalement, c'est Julie qui s'en charge et la femme de ménage, pour les poussières. Il y a des trous dans la bibliothèque d'Anne maintenant, de plus en plus de trous de livres, dérobés par Julie.

Avant mon hospitalisation, j'ai remarqué qu'elle en avait pris plusieurs d'un coup en haut de la bibliothèque, à la lettre D, étage où se succèdent Diderot, Dostoïevski, Dumas et Duras, beaucoup de Duras. Anne voulait appeler Laurence Marguerite, en l'honneur de Marguerite Duras, son écrivain-femme préféré, parce qu'à l'époque on ne disait pas encore *écrivaine*.

Ma femme lisait Marguerite comme on cueille une fleur, avec plaisir et culpabilité. Pour elle, s'appeler Marguerite, c'était être une femme indépendante. Marguerite, comme la fleur amicale, le disque portant les caractères de la machine à écrire, la perle qui dissimule une âme libre.

Je suis sûr que c'est Julie qui a raflé tous les titres de Marguerite Duras, je ne sais pas comment elle a fait pour les emporter en douce. Mais voler des livres, quoi de moins grave ? Quoi de plus naturel quand on est la petite-fille d'une bibliophile comme Anne, ma femme, ma regrettée ?

Laurence n'a jamais aimé lire. Elle préférait feuilleter les magazines people et écouter les groupes des années 1980 dans son baladeur à cassettes. Elle les écoute encore ! Ça casse les oreilles d'Annie qui voudrait bien imposer les nouveaux chanteurs à la mode, mais c'est censuré, dit Laurence qui tient à ce que ses filles échappent aux débilités qu'elle n'a sans doute jamais écoutées. Elle vient même d'acheter un disque de Georges Brassens qu'elle leur passe en boucle au retour de l'école, pour leur culture. Elle l'a numérisé pour que je l'écoute à l'hôpital ici avec le MP3 qu'elle emporte le jeudi pour courir et me le rapporter ensuite. D'habitude, il est sur le chevet, à côté des roses et des chocolats, mais je préfère écouter la radio plutôt que ce petit machin tout plat dont Laurence doit se servir en ce moment même.

À mon avis, Annie fera une belle crise d'adolescence si sa mère continue à la brider. La piscine et le jardin c'est bien beau, mais quand je l'emmène au cinéma, elle ne me parle que d'une tablette, d'un portable, de chanteuses que je ne connais pas et d'une série télévisée dont j'ai oublié le nom. Je ne peux tout de même pas aller contre ses parents et lui offrir tout ce qu'elle n'a pas, au nom d'Anne, qui aurait été ravie de gâter sa petite-fille.

Avant, j'aurais pu mettre Christiane dans le coup. Elle leur apportait souvent des sablés à la cannelle, alors pourquoi pas des CD pour leur anniversaire ?

Avec Julie, c'est plus facile, à part des livres, elle ne réclame rien. Elle doit se dire qu'elle est déjà assez gâtée avec ses petits larcins. Elle n'écoute pas de musique, n'aime pas les jeux et passe son temps à lire.

Laurence est inquiète pour elle parce qu'elle pleure souvent en cachette. C'est qu'elle ressemble à sa grand-mère, elle aussi pleurait souvent (en cachette également), surtout quand elle était enceinte. Je n'ai pas compris ce qui se passait. J'aurais dû. Peut-être ne serait-elle pas morte à l'heure qu'il est ? Mais on n'allait pas chez le psy à l'époque et j'avoue que j'aurais sûrement cherché toutes les autres solutions possibles, parce qu'on répétait partout que c'était pour les fous. Laurence pense y emmener Julie si elle arrive à convaincre Edmond que c'est indispensable pour que sa fille retrouve le sourire et cesse de pleurer chaque fois qu'elle s'éloigne de la maison.

Un jour, Anne n'a plus réussi à pleurer en douce. Ses larmes devenaient plus fortes qu'elle, c'était trop tard. Y compris pour le psy parce que la douleur affichée sur le visage de ma femme me faisait peur et me déclarait coupable. Je ne voulais pas m'entendre dire que j'étais la cause de son mal-être, je n'avais pas encore compris que dans la vie la douleur la plus profonde n'a d'autre origine que soi-même. Anne a ensuite progressivement perdu le sommeil. À mesure que son ventre grossissait, elle pleurait davantage. « Qu'est-ce que tu as ? Qu'est-ce qui t'arrive ? » lui avais-je demandé bien des fois. « Je ne sais pas, je ne sais pas », me répondait-elle les yeux blancs. J'étais perdu, mes parents étaient morts, je n'avais personne vers qui me tourner, je suis allé consulter le médecin, il m'a dit que ça arrivait parfois pendant la grossesse, un peu d'angoisse à cause du bouleversement hormonal, mais tout irait mieux avec le bébé. Toutes les mères aiment leur enfant, toutes les mères sont comblées à sa naissance, forcément.

Moi je l'ai été, oui, vraiment.

On n'a pas appelé notre fille Marguerite, Anne a changé d'avis au dernier moment. Elle a dit que les Marguerite étaient trop sensibles, perméables aux émotions, écorchées vives. Elle ne voulait pas tant de tourment pour sa fille. On l'a donc appelée Laurence. Bien plus tard, j'ai compris que tout ce qu'elle avait associé au prénom Marguerite lui ressemblait en tout point. C'était son reflet dans le miroir, son double, son tandem.

Elle n'était pas faite pour être mère.

Quand l'enfant a grandi, Anne n'a pas retrouvé le sourire. Elle est tombée malade, on en a totalement oublié le psy, et puis elle est morte.

J'attends ma fille. Tous les vendredis, elle arrive à onze heures (à la maison ou à l'hôpital, c'est selon) toute belle et parfumée après son footing. Elle a l'âge de sa mère quand elle a disparu, mais elle ne lui ressemble pas. Heureusement.

Je n'ai jamais percé le secret de ma femme. Il aurait sans doute été trop lourd à porter pour moi aussi. Combien de couples, de gens qui se sont juré amour et fidélité, vivent dans l'ignorance des secrets de leur double ? Combien ?

Anne était très discrète, il n'y avait pas grand monde autour d'elle, pas vraiment de famille. Je l'avais toujours connue comme ça. Quand la question de son passé surgissait, elle se levait, quittait la pièce et s'enfermait dans notre chambre. Elle n'était plus là pour personne, mais elle lisait. C'était sa façon de se protéger, sa façon de maintenir un équilibre beaucoup plus fragile que je ne le pensais.

Laurence ne semble pas touchée par la douleur de sa mère. Elle est toujours si heureuse, si présente. J'ai de la chance d'avoir une fille comme elle, j'en suis si fier. Je ne lui dis pas souvent, mais elle le sait bien. Ça se voit dans mes yeux, parce qu'elle a suffi à mon bonheur, intégralement, ou presque.

Jamais je n'ai « refait ma vie », comme on dit aujourd'hui. Ce n'est pas seulement à cause de la maladie, mais Laurence a remplacé sa mère, ou plutôt l'a toujours gardée vivante dans mon cœur. Je lui dois tout ce que je suis devenu. Au fond, si Anne était restée, j'aurais peut-être tenu la bride haute à ma fille et à mes autres enfants, j'aurais beaucoup travaillé pour mettre ma famille à l'abri du besoin, je serais passé à côté de l'essentiel.

Anne m'a donc laissé la place, toute la place pour m'occuper de ma fille. Plus tard, je me suis lié d'amitié avec Christiane qui vivait seule avec son fils à quelques rues de chez nous et qui, comme moi, faisait de longues balades à pied. À force de se croiser, on a fini par cheminer ensemble, sans nous soucier du qu'en-dira-t-on. Nous étions bons camarades et surtout, nous avions les mêmes préoccupations. Le fils de Christiane n'avait qu'un an de différence avec Laurence. Ils ne fréquentaient pas le même lycée, ma fille était au lycée général, son fils au lycée agricole, mais nos interrogations étaient les mêmes. Comment pouvaient-ils se construire avec un parent en moins ? Pour Christiane, ce n'était pas pareil, le père de son fils était encore en vie, mais il avait maintenant une autre femme et d'autres enfants. Ils se voyaient encore de temps en temps.

J'ai consacré ma vie à Laurence et à mon métier, cela m'occupait à plein temps. La maladie me laissait de longs répits et j'en profitais. Quand j'ai eu l'âge de la retraite, Christiane m'a encouragé à me mettre à la peinture. Elle pensait que je ne pouvais pas rester seul enfermé chez moi toute la journée. Si elle vivait toujours à la ferme avec son fils, Laurence venait de se marier. Elle craignait pour moi le syndrome du nid vide. Elle pensait surtout qu'avec ma maladie il me fallait une activité qui m'occupe quand je serais cloué au lit. Elle m'a apporté des aquarelles qui avaient appartenu à son père et j'ai commencé à peindre des natures mortes. Puis, petit à petit, je me suis mis aux paysages. Les années ont passé et Christiane a pris l'habitude de me rendre visite le mercredi après-midi pour voir mes petites-filles. Elle n'a pas eu de petits-enfants alors elle s'est attachée aux miens. Ainsi va la vie, les liens ne sont pas toujours là où l'on croit.

Mes petites-filles parlent souvent de Christiane et voudraient lui apporter des fleurs au cimetière. Ma maladie nous en empêche, alors on dépose les fleurs dans un vase sur la table et on mange des sablés achetés au magasin en pensant à elle.

Charles mon voisin me fait signe d'augmenter le volume. Laurence m'a apporté des écouteurs pour que je puisse écouter la radio de mon côté, mais pour ça, il faudra quand même qu'il me laisse baisser le son de la télé. Pour l'instant je lis, parce que l'émission de dix heures ne me plaît pas. J'aime la politique, l'histoire et la géographie. Il faut dire que c'était mon métier, professeur d'histoire-géographie-éducation civique, m'a-t-on rajouté ensuite. Anne n'a jamais travaillé, elle n'avait pas pu aller beaucoup à l'école. Je suis sûr qu'elle aurait fait une bonne institutrice, ou peut-être aurait-elle voulu devenir romancière (comme Marguerite) ? Elle aimait tellement lire. On ne saura jamais, on ne parlait pas de cela. Sauf qu'elle lisait les copies de mes élèves et corrigeait leurs fautes d'orthographe. Elle avait tout appris seule, dans les livres et le Bled. Je pense qu'elle a fini par accepter d'avoir un enfant parce qu'elle se sentait trop coupable de rester à la maison. On n'en avait pas besoin. On était bien. Pourquoi faut-il toujours se sentir coupable ? Je l'aimais, vraiment, telle qu'elle était.

Depuis la disparition de Christiane, je n'ai plus personne à qui me confier. Je n'ai pas envie d'accaparer ma fille, son mari et ses enfants et je sens bien que la solitude me rend grincheux. La preuve avec Charles que j'ai du mal à tolérer. Lui me considère comme son grand ami et me parle dès que l'occasion se présente. Il en a besoin parce que Ewa n'est pas là. C'est une Polonaise. Elle se maquille beaucoup, porte des bijoux et se coiffe avec un chignon maintenu par un peigne en émail bleu outremer, souvent le même, mais pas toujours. Elle a une voix aiguë et un léger accent fort charmant. Charles m'a dit qu'elle chantait dans une chorale. Elle est soprano et joue aussi du piano. Il paraît qu'elle adore Chopin.

Ma femme aurait bien aimé être musicienne, mais elle n'a pas eu le courage de s'y mettre. Elle disait toujours : « C'est trop tard, je suis trop vieille, je n'y arriverai pas, c'est pas pour des gens comme moi… » Elle se trouvait des excuses pour ne rien faire et se dessécher petit à petit. Je me demande si Laurence n'est pas un peu comme elle sur ce plan-là. Depuis des années, elle demande à Edmond de l'emmener à l'étranger, sans se dire qu'elle pourrait prendre elle-même les billets. Elle ne veut sans doute pas le contrarier. C'est une excuse comme une autre.

D'ailleurs, elle va bientôt arriver. Je remets en ordre mes cheveux blancs. Je l'attends avec impatience, les yeux rivés sur ma montre qui reste indéfectiblement à mon poignet, même si elle gêne les infirmières. Laurence sera à l'heure, comme toujours. À onze heures précises, dans un quart d'heure, elle sera là toute belle.

Je l'attends. Je songe et me détends pour laisser place à une douce somnolence.

Je revois ma fille toute petite, toute mignonne avec ses cheveux au carré, sa blouse d'infirmière, ses gants en plastique et sa poupée dans les bras. Avec elle, j'ai appris à aimer, pas juste pour moi, mais pour qu'elle soit heureuse et ne manque de rien.

J'ai surtout appris à ne plus me sentir coupable. Longtemps je me suis reproché de n'avoir pas compris la souffrance de ma femme, de l'avoir précipitée vers la mort en lui demandant un enfant. Mais c'est la vie, on ne décide pas de ces choses-là. Il faudrait rester humble et cesser de croire qu'on est responsable de tout. Laurence, au moins, est capable de garder ses distances avec la culpabilité, elle fait sa vie sans se poser de questions. Avec elle, les choses sont à leur place et sa compagnie est apaisante pour cela aussi. Bien sûr, elle s'inquiète pour Julie, mais sans se dire que c'est sa faute si sa fille pleure souvent.

Peut-être m'annoncera-t-elle tout à l'heure que Edmond accepte enfin qu'elle prenne un rendez-vous chez un psy ?

Quand je rentrerai à la maison, j'emmènerai Julie dans la bibliothèque de sa grand-mère et je lui dirai : « Regarde petite, il y a ici tous les livres qui te permettront de faire de belles études et d'être heureuse dans la vie. Je sais que ta mamie te les aurait offerts. Ils sont à toi, tu peux les prendre. »

J'imagine déjà le sourire qu'elle aura, les mots qu'elle ne dira pas et les larmes qui poindront dans ses yeux. Elle me rendra visite tous les jours pour emporter une petite pile à la fois dans un sac à dos. Les jours de pluie, elle viendra sans prendre de livres, pour ne pas les abîmer. Elle me tiendra compagnie, je lui offrirai du thé et on mangera du chocolat.

Elle enfilera son sac, me fera une dernière bise et rentrera chez elle à trottinette, sans pleurer cette fois. Je serai le plus heureux des grands-pères.

Bercé par le sourire de ma petite-fille, je m'endors malgré le crincrin de mon voisin. Je m'assoupis au point d'en sursauter quand la large porte violette s'ouvre subitement et se referme aussitôt.

Quelle heure est-il ?

Ce n'est pas ma fille qui tire le rideau qui me sépare de Charles mon compagnon. C'est une jeune infirmière qui n'a pas d'alliance autour du cou, mais un anneau « en piercing » – comme dit Annie – à l'oreille. Ses cheveux sont courts, ses yeux noisette. Je l'aime bien, c'est l'infirmière du matin qui ne manque jamais de papoter avec Laurence.

Elle s'approche et s'assied à la place de ma fille. Elle me regarde, un sourire un peu forcé au coin des lèvres.

Ce qu'elle me dit ?

C'est bizarre, je ne l'entends pas.

Annie

Je n'ai pas vu Julie partir ce matin. Je parie qu'elle avait encore la larme à l'œil. Elle a toujours la larme à l'œil. C'est pas ce qu'on peut appeler un modèle pour une grande sœur. Dès le petit-déjeuner, ses yeux se mettent à enfler. Elle renifle, essaie de ne rien montrer, mais ça se voit quand même. Maman fait comme si de rien n'était, papa est déjà parti, moi, je continue à tremper mes tartines de St Môret dans mon verre de jus d'orange. Le matin, au réveil, je suis affamée, même si je me lève le soir pendant que mes parents sont devant la télé pour manger du roquefort et parler au canari qui vit dans sa cage au-dessus du frigo. Il s'appelle Titi.

On aurait pu trouver mieux, mais c'est Julie qui a choisi, c'était son tour et elle l'a appelé Titi, comme le canari d'avant qui est mort d'une crise cardiaque en juin dernier parce qu'on l'a laissé tout l'après-midi en plein soleil. Normalement, on met un torchon sur sa cage, mais ce jour-là, on n'y a pas pensé.

Le soir, il était mort.

Julie a pleuré, moi pas.

Je ne pleure pas pour un oiseau. Peut-être parce que ça ne parle pas. On ne s'attache pas à quelqu'un qui ne dit rien. D'ailleurs, on devrait dire : quelque chose qui ne dit rien, parce que ce sont les choses qui sont taiseuses.

La maîtresse nous a appris ce mot hier, à l'école, un taiseux, une taiseuse, les mots de la même famille que *se taire* qui est un verbe pronominal que je connais bien à cause de ma grande langue. Je suis bavarde, donc je conjugue souvent ce verbe au présent, au futur et à l'imparfait, en punition. C'est pas un problème.

La première fois, bien sûr, je me suis trompée, à cause du pronom, et la maîtresse m'a dit que j'étais une tête de linotte.

Mais c'est quoi une linotte, au fait ?

Pour corriger, Julie m'a aidée, elle est très bonne à l'école et ne pense qu'à ça. Elle y va même quand elle est malade, de peur de prendre du retard. C'est encore pire depuis qu'elle est au collège. Elle est tellement sérieuse qu'elle n'a qu'une seule amie qu'elle n'invite pas à la maison parce qu'elle n'a pas le temps, à ce qu'elle prétend. Elle ne bavarde jamais, n'oublie jamais rien et tout le monde dit qu'elle est sage comme une image. Rire ne fait pas partie de son vocabulaire, s'amuser non plus. Moi, je préfère avoir des punitions, manger des bonbons et faire passer des petits mots en cachette pour faire rigoler mes copines.

Le soir, quand je mange du roquefort en douce, Titi s'arrondit comme une boule de neige et se gonfle comme la grenouille dans la fable. Heureusement, il ne crève pas. C'est sa façon de montrer qu'il est en colère parce que je le réveille, à cause du néon.

Quand j'ouvre le frigo, c'est sur la pointe des pieds pour ne pas faire de bruit. Je ne suis pas censée manger le soir, alors je pique du fromage, comme les petites souris. C'est sans doute pour ça que Titi s'énerve et fait le gros dos dans sa cage, il craint peut-être que je ne le mange aussi.

Ma sœur a un sommeil agité. Cette nuit, maman a dû monter à deux reprises. Je me demande si Titi se réveille chaque fois que maman monte consoler Julie, mais je ne pense pas, car elle n'a pas besoin d'allumer la lumière, elle.

Un jour, j'ai vu une émission à la télé où une dame cuisinait de petits oiseaux à la chair tendre, des ortolans, je crois. Elle les mangeait ensuite, comme ça, en entier. Elle gobait l'oisillon après l'avoir trempé dans la sauce, ça coulait sur son menton, c'était dégueu !

Maman m'interdit de dire des gros mots, mais moi, cette grosse dame qui avale avec un grand sourire un petit oiseau en laissant dégouliner la sauce sur son menton graisseux, je regrette, mais je ne peux trouver ça que dégueu… Si je prononce le mot en entier, c'est encore plus grossier, alors je coupe, ça passe mieux.

On apprend aussi les suffixes à l'école, ça aide pour les mots de la même famille. Je ne fais pas que bavarder en classe, j'écoute aussi, mais je trouve que c'est dans la vie et à la télé qu'on apprend le plus, parce qu'il y a des images et de la musique. La maîtresse ne fait que parler, toute la journée elle parle, à force, je ne l'écoute plus. C'est normal. Il faudrait plusieurs maîtresses, autant de maîtresses différentes que d'heures de classe pour ne pas se lasser. Depuis que Julie a ça, elle pleure ! Dans son cartable, elle cache un nounours. Elle refait comme à l'école primaire. La maîtresse l'a trouvé un jour et a dit qu'elle était assez grande pour le laisser à la maison. Julie a pleuré, mis le nounours sous son oreiller pour que personne ne le voie (à part maman qui faisait encore son lit). Pour plaire à la maîtresse, elle est partie à l'école sans le nounours. À la place, elle s'est mise à pleurer en douce. Au début, je me moquais, je l'appelais Julie-la-Madeleine, parce qu'on dit « pleurer comme une Madeleine », mais elle pleurait encore plus, une vraie averse, alors j'ai arrêté.

Ces derniers temps, ça a repris et ça commence dès la première tartine de confiture de fraise. Je la vois cligner des paupières, se forcer à avaler sa tartine, boire une gorgée de son café au lait, inspirer très fort, trop fort pour que maman ne s'en aperçoive pas, mais bizarrement elle ne dit rien et continue à regarder Télématin.

Je n'aime pas l'école, tout le contraire de Julie qui me fait mes punitions avec le sourire quand je menace de la dénoncer, pour ses pleurs et le nounours. J'aime pas l'école parce que je m'ennuie et que les premières questions qu'on me pose toujours sont : « Ça va à l'école ? Tu as de bonnes notes ? Ta maîtresse est gentille ? » C'est pour ça que je déteste la voisine d'en face. Elle espionne tout et pose toujours les mêmes questions débiles. Je ne comprends pas pourquoi elle ne me demande pas plutôt si j'aime l'école. Je dirais non, on n'en parlerait plus. Je crois que c'est parce que les grandes personnes n'ont rien à dire aux enfants que tout le temps elles en reviennent à ça.

Quand je ne suis pas à l'école, je fais ma vie. J'ai une belle maison, dans le jardin (c'est l'atelier de papa), un mari qui s'appelle Esteban. Moi, je me fais appeler Zia parce que mon prénom fait vieux et qu'il y a toujours une histoire de sucette derrière qui fait rire tout le monde sauf moi. De toute façon, c'est les Mentos que je préfère. Papa m'en achète tous les dimanches quand on va à la piscine municipale. Il y a un « distrib », on n'en parle pas à maman, on les mange avant le repas, c'est pas bien, mais on s'en fiche, sauf Julie qui n'en prend pas pour faire plaisir à maman. C'est pas grave, ça en fait plus pour papa et moi.

Dans ma maison, j'ai une cafetière, presque une vraie, rouge. Je chipe la Ricoré de maman. Elle en boit tous les jours, c'est facile. Julie a failli me dénoncer, mais je lui ai assuré que si elle caftait, je dirais qu'elle pleure sur son bol chaque matin, qu'elle emporte son nounours dans son sac et qu'elle pique des livres dans la bibliothèque de papy. Elle n'a rien dit et je peux continuer à chaparder la Ricoré. Une cuillère tous les matins, ça passe inaperçu.

J'ai deux enfants, deux poupées parce que ma sœur les méprise et qu'elle m'a donné la sienne. Elle préfère lire et s'enfermer dans sa chambre. La grande tient dans une poussette, c'est un garçon. Je change souvent son prénom, je ne suis pas décidée, c'est selon mon humeur. La fille, dans le landau, c'est Alice, comme dans le conte. J'aime bien cette histoire parce que le lapin parle, pareil pour la chenille et le pigeon. Pour une fois qu'un animal devient quelqu'un…

Je change les vêtements de mes enfants régulièrement avant l'école et je fais pareil au retour, avant mes devoirs. La maîtresse donne plein de devoirs, je n'aime pas cette maîtresse, elle est vieille et mal habillée. Elle a des cheveux crépus comme un mouton, noirs comme un corbeau et brillants comme l'huile de vidange que papa met dans des bouteilles de bière, même que j'ai voulu en boire un peu l'autre jour, comme ça, dans son atelier, juste pour goûter. C'était dégueu et j'ai tout recraché sur Alice.

Julie ne vient plus me rendre visite parce que quand je l'invite, je la force à manger de l'oseille crue, coupée en petites lamelles, et à boire du café dilué dans l'eau chaude du robinet (autant dire plus que tiède). Elle prétend qu'elle a trop de devoirs à faire, mais la vérité, c'est que chaque fois qu'elle sort de chez moi, elle a mal à l'estomac !

Pour aller dans ma maison, je mets les talons noirs de maman, je prends mon sac à main en jean avec des fleurs brodées dessus. Je l'adore. Il est tout mou, avec des petites poches pour le rouge à lèvres (que j'ai demandé à maman qui me l'a donné) et mon paquet de cigarettes en chocolat. Je fume dix cigarettes par jour, mais une seule en chocolat, les autres je fais des roulées, comme papy quand il n'est pas à l'hôpital, des roulées en papier que je colorie en jaune avant, pour faire plus vrai. Esteban (mon premier faux mari) n'est pas d'accord pour que je fume, il dit que je vais mourir d'un cancer du poumon, comme le mari de la voisine. Je ne l'écoute pas, je fume, ça fait bien, et le chocolat n'a jamais tué personne. J'emprunte aussi l'imperméable de maman, ça fait plus femme. J'aimerais bien mettre du vernis sur mes ongles comme mes copines. Elles alternent les couleurs d'un doigt sur l'autre et ont même un deuxième vernis qui fait craquer le premier, un *craquelé* comme elles disent. C'est classe, ça flashe, mais maman n'est pas d'accord.

Dans mon sac j'ai des faux billets, des faux chèques, mais des vrais stylos, un vrai miroir et un vrai couteau en plastique. Les vrais stylos servent à remplir les faux chèques, pour payer les cigarettes. Le vrai miroir, c'est pour être sûre que j'ai bien mis le rouge à lèvres. Le vrai couteau, c'est pour le grand méchant loup. Julie en a peur, elle dit qu'il faut se cacher dans la garde-robe pour qu'il ne nous voie pas. N'importe quoi !

Il n'y a pas de loup ici, seulement des renards et ils ont peur de nous. Alors le couteau (en plastique) c'est pour couper l'oseille que je ne mange plus parce que moi aussi je commence à avoir mal à l'estomac.

Quand on joue avec Julie, c'est jamais drôle. Elle a toujours un problème. À la piscine municipale, c'est à cause de son maillot de bain parce qu'elle a honte de ce qui est écrit dessus.

Moi, je lui dis : « C'est pas grave, tu croises les bras sur ton ventre et tu cours jusqu'au grand bassin, c'est interdit, mais on dira qu'on savait pas, tu plonges et on n'en parle plus. »

Julie ne répond pas, pour elle j'ai bien compris que c'est mission impossible.

Je n'ai peur de rien, moi. Je fonce. Dans l'eau, plus je fais de bruit, plus je m'amuse. J'adore jouer au petit chien avec papa, rigoler, crier, me trouver de nouveaux copains, faire des bombes et éclabousser tout le monde. Je me dépense. Je me dépense tellement que j'ai toujours une faim de loup à la sortie de la piscine. J'engloutis tous les Mentos que papa achète au « distrib », je dévore l'intégralité du repas que maman a préparé, mais c'est jamais assez alors je lèche mon assiette, le plat et avale tout ce qui traîne dans le plus grand secret. Je suis tellement gourmande que maman me rationne donc je passe ma journée à lui demander : « Quand est-ce qu'on mange ? »

J'ai juste un peu de ventre, pas grand-chose, mais maman ne veut pas que je prenne de mauvaises habitudes. C'est pour ça qu'elle me répète à tous les repas, y compris au goûter : « Annie, ma chérie, ça suffit, tu as assez mangé. »

Moi, je ne trouve pas. J'en veux toujours plus. Et dire que je meurs de faim pendant que ma sœur déprime devant son repas dont je ne ferais qu'une bouchée si j'avais le droit d'y toucher.

Le vendredi, parce que c'est la fin de la semaine, maman rapporte des sablés à la cannelle pour le goûter. J'ai droit à une poignée, Julie n'en prend que la moitié, mais la fait durer toute la soirée. Une vraie torture pour moi ! Maman en achète aussi pour papy, en plus des roses et des chocolats, qu'elle lui apporte le matin à l'hôpital. Nous, on va voir papy le dimanche après-midi et on a droit aux chocolats pralinés qu'il garde toujours dans son frigo. On en mange tant qu'on veut et il est tout content. Maman ne peut rien dire, parce qu'on va voir papy sans elle, avec papa seulement, à cause de la chambre trop petite et du voisin dont la jolie femme ressemble un peu à Christiane. Elle nous appelle « mes mignonnes » et nous laisse une trace de rouge à lèvres sur les joues.

Plus tard, j'aimerais être aussi coquette que cette dame qui s'appelle Ewa. Elle a de jolies formes et un bon appétit comme moi, de longs ongles vernis, des bijoux et du maquillage à gogo. Papy pourrait peut-être nous choisir une mamie comme elle ? Ce serait plus agréable pour lui qui aurait enfin quelqu'un pour regarder ses aquarelles et lui donner quelques conseils.

Pour finir de me torturer, ma sœur passe tout son temps à me parler de sa prof de français. Elle l'appelle PDF pour faire court. On dirait que cette femme l'a ensorcelée. Elle arrive même à la faire rigoler !

Comme ça m'énerve d'entendre Julie faire les louanges d'une prof que j'espère ne jamais connaître, je retourne dans ma maison au fond du jardin, mon sac à la main et ma cigarette au bec.

Un jour, je vais divorcer de mon mari, pour faire du changement. Je pourrai alors en prendre un autre, avec un nouveau prénom. Dans ma classe, presque tous les enfants ont deux maisons, deux lits, deux fois plus de vêtements, deux bureaux, deux tablettes et un portable pour joindre le parent dont ce n'est pas la semaine. Moi, j'ai tout ça en un seul exemplaire, sauf la tablette et le portable évidemment. Maman est contre, papa s'en fiche et la laisse décider. Donc pas de tablette, pas de portable, pas de *Plus belle la vie* non plus.

À vingt heures on est couchées, à vingt heures trente on éteint les lumières. Il ne faut pas s'étonner que je n'aie pas sommeil et que j'invente tout un tas d'excuses pour sortir de mon lit.

Comme je n'en peux plus de tourner en rond dans le noir pendant que ma sœur lit en cachette avec la lampe-torche de papa, je dis que j'ai envie de faire pipi. Je descends les escaliers, en silence, le plus lentement possible pour gagner du temps. Maman finit toujours par m'entendre. Elle demande : « C'est qui ? » Je sursaute, parfois je réponds : « Julie », parce que c'est déjà la troisième fois que j'ai envie de faire pipi (trois gouttes pour la promenade), alors j'accuse ma sœur pour éviter d'éveiller les soupçons. Parfois, je tente ma chance au salon, j'embête un peu papa qui pique du nez sur le canapé, mais je n'ai jamais le temps de savoir ce qui se passe à la télé.

Plutôt que de me tortiller dans mon lit, je pourrais jouer à la tablette si seulement j'en avais une comme tout le monde.

Pour Noël, je vais essayer de l'avoir, avec une pochette violette, comme celle de Lou, ma voisine de classe. Je l'ai vue à son anniversaire. Lou a plein de jeux sur sa tablette, mais mon préféré c'est celui où on habille des modèles. On choisit tout ce qu'on veut : les cheveux de la fille, la couleur de ses yeux, on peut la maquiller et lui acheter des vêtements, plein de vêtements, avec des marques et tout et tout. Moi, j'ai pas de marques, mes Converse ne sont pas des Converse, juste des baskets en toile. C'est pour ça que je les ai décorées avec mes feutres. J'ai fait des cœurs dessus et j'ai signé Zia.

Peut-être qu'un jour je changerai de prénom, si je change de mari. Quand j'aurai le droit de regarder *Plus belle la vie*, comme presque tous les autres enfants de ma classe, je choisirai un nouveau prénom qui sera celui d'une jolie fille de la série.

Lou utilise des mots que je ne connais pas comme « bisexuel ». Je lui ai demandé où elle avait entendu ça, dans *Plus belle la vie* bien sûr ! Elle a même demandé à la maîtresse ce que ça voulait dire, mais elle a répondu de poser la question à nos parents parce qu'elle trouve qu'on est trop jeunes pour utiliser ce mot-là. J'ai demandé à papa qui m'a renvoyée vers maman qui m'a dit que c'était dans le cas où on pouvait tomber amoureux soit d'un homme soit d'une femme. Ça m'a paru bizarre, j'ai cru qu'elle avait mal compris. J'ai donc voulu régler ça avec Julie. Elle a pris le Larousse. On a mis du temps pour arriver à la bonne page parce qu'il y avait des images de bison et de blaireau à regarder. Finalement, quand on a enfin trouvé le mot, on n'a rien compris parce qu'il n'y avait pas de définition à côté. Donc soit ça ne veut rien dire, soit le dictionnaire ne connaît pas les mots qu'on entend à la télé parce qu'il est périmé lui aussi.

Parfois, je me sens complètement larguée avec mes copines. Ici, on regarde des dessins animés en DVD, on joue aux cartes et au Monopoly. On écoute de la musique pourrie et on fait le jardin. Ça, j'aime bien.

Sans doute que c'est parce qu'on ne regarde pas assez la télé et qu'on n'a pas de tablette que ma sœur n'a pas d'amis. Moi j'en ai, ça va, j'écoute les conversations, je dis que j'ai vu *Plus belle la vie*, je traite les garçons de « bisexuels » et tout va bien pour moi.

Si j'avais le droit d'aller sur Internet, je trouverais sûrement la bonne définition. Il y a plus de place sur un ordinateur que dans un livre, n'en déplaise à Julie. Sur Internet, il y aurait même des images et des vidéos pour que je comprenne mieux sans me casser la tête.

Je trouve que papa et maman devraient divorcer. On aurait deux maisons, deux lits, deux bureaux, deux télés, deux mamans et deux papas, peut-être même quatre papys, pour les mamies, trois au maximum. Quand j'ai dit ça à Julie, elle a hurlé que j'étais malade et s'est mise à pleurer.

Moi, plus tard, je serai une femme libérée, comme dans la chanson qui passe en boucle au salon. J'aurai un portable avec Internet pour télécharger toute la musique à la mode et l'écouter à donf toute la journée, pas avec des écouteurs pour se couper du monde comme maman quand elle court. J'aurai aussi une tablette pour jouer et regarder mes séries préférées autant que je voudrai. J'aurai surtout plein d'amis et je serai tout le temps connectée pour rien louper. Je ne veux pas ressembler à mes parents qui en sont encore au portable à touches sans connexion à rien du tout.

Quand je serai grande, je serai actrice pour changer de nom, de coiffure, de vêtement et de mari à volonté. J'aurai plein d'enfants dont je n'aurai pas le temps de m'occuper, mais qui auront tout ce qu'ils voudront.

Julie, elle, sera romancière parce qu'elle ne fait que lire et qu'elle raconte sa vie dans un cahier planqué sous son lit. Je me demande ce qu'elle peut bien écrire là-dedans puisqu'elle ne fait rien de ses journées. Il faudra que j'aille voir ça, un de ces jours, quand elle ne sera pas là. Je parie qu'elle invente des histoires sur sa prof de français qu'elle adore plus que tout, plus que moi... C'est pour ça qu'elle emprunte toujours de nouveaux livres et qu'elle en vole même chez papy. Pour elle, c'est pas en regardant *Plus belle la vie* qu'on devient Marguerite Duras.

« Qui c'est celle-là ? je lui ai demandé.

— C'est la romancière préférée de PDF. »

Je me suis retenue de lui dire qu'il serait temps qu'elle se mette à penser par elle-même, mais je n'ai pas pu m'empêcher de lui signaler que pour intéresser les gens il faut leur parler de ce qui leur plaît. Elle a donc intérêt à se tenir au courant au lieu de passer son temps à parler des morts et de tous ceux que personne ne connaît, même pas maman.

Quand je lui ai dit ça, Julie a levé les yeux au ciel pour bien montrer que je ne comprends rien à rien. Je m'en fiche, à mon âge, j'ai des excuses et puis, jusqu'à preuve du contraire, c'est pas moi qui pleure tous les matins !

Comme d'habitude, maman m'a emmenée à l'école et puisqu'on est vendredi, elle a enfilé un pantalon et une veste au-dessus de son short et de son débardeur pour aller courir aussitôt après m'avoir déposée. Je ne pleure jamais en la quittant, j'ai mieux à faire avec Lou qui me raconte l'intégralité de l'épisode de la veille. Bien sûr, je fais comme si je l'avais vu aussi !

Dans quelques jours, je commencerai à tâter le terrain pour une tablette ou un portable à Noël, mais en attendant, je tente à nouveau ma chance avec *Plus belle la vie*. Maman est toujours de bonne humeur avant de courir et puis, dans la voiture, c'est plus facile, on ne se regarde pas dans les yeux.

Par chance, elle ne se fâche jamais, même quand je l'agace, elle ne crie pas. Elle se contente de dire : « Non, c'est impossible, ce n'est pas de ton âge ma chérie, c'est *sensuré*. » Ce mot-là ne vient pas du feuilleton du soir, mais de maman. Je ne sais pas ce qu'il veut dire, on ne l'a pas trouvé dans le dico, rien n'y ressemblait à la lettre s, mais à force d'entendre maman le répéter, j'ai compris que ça voulait dire *interdit*.

Les nouvelles musiques sont interdites, comme toutes les séries, les Converse, la tablette et le portable aussi.

Si Christiane était encore en vie, j'aurais peut-être pu lui demander de m'offrir quelques épisodes de ma série en DVD, mais c'est trop tard, elle n'est plus là et il faudra que je supplie mes copines de me prêter leur portable à la récré pour dévorer vite fait un extrait dans un petit coin, en cachette.

— Dis, maman, tu me laisseras regarder *Plus belle la vie* ce soir, c'est vendredi ? ai-je finalement osé lui demander sur la dernière ligne droite avant l'école.

Bien évidemment, je n'ai pas eu besoin d'écouter la réponse en entier pour comprendre que c'était négatif.

Ça, c'est le mot de papa.

Edmond

Quand Laurence a bien voulu m'épouser j'ai cru qu'elle avait fait une erreur dont elle s'apercevrait très vite. Elle n'a pas changé d'avis, m'a donné deux filles, est restée la même, toute de douceur, jamais triste, juste pensive, parfois, aspirée par un rêve, un rêve de voyage probablement.

Ma vie sans elle n'est rien. Je ne lui dis pas souvent. Sans elle, je n'aurais pas cette belle maison à la montagne, mes filles dont je suis si fier et mon coin d'idéal dans ses bras.

Je n'ai jamais beaucoup parlé. Une vieille habitude, presque une manie. Parce que ça évite de dire des bêtises (mon père me répétait toujours que je ne comprenais rien à rien), ça permet de faire ce qu'on veut sans se justifier, ça empêche de dévoiler ses sentiments. Parler aux murs est bien plus facile, ils écoutent tout et se taisent forcément. J'ai toujours plus parlé à mes chantiers qu'à ma femme et mes enfants.

J'ai eu deux frères. Deux ratés comme moi. Je dis raté parce que je suis maçon. Mon père était contremaître, il jouait du violon, il s'exprimait correctement avec de longues phrases et des idées si amples, grosses et enflées qu'elles m'explosaient à la figure comme des gifles. Je ne comprenais pas tout ce qu'il me disait, il était bien trop parfait pour que je l'égale un jour, j'ai préféré le satisfaire en n'étant rien dans la vie, je ne l'ai pas déçu. Il est resté un inutile, toujours assis pour commander les autres ; je suis devenu un travailleur manuel, mal à l'aise pour s'exprimer, mais avec un savoir-faire. Quand j'ai eu mon CAP de maçonnerie, il m'a dit : « T'iras pas loin avec ça. »

J'ai rencontré Laurence dix ans plus tard au bal du village. Quand elle s'est approchée de moi pour m'inviter à danser, je lui ai balbutié : « Désolé, j'suis pas doué, j'sais pas danser. » Elle m'a embrassé. Embrassé sur les lèvres. Vraiment. Comme ça, du premier coup. Elle a pris les devants, naturellement. Je ne me souviens plus d'avoir dansé ou pas ensuite, je me souviens seulement de ses lèvres sur les miennes, la première douceur sur mon visage, la tendresse initiale de ma vie de raté.

Je l'ai revue le lendemain, puis tous les jours. Elle était infirmière. Une infirmière, diplômée, avec un maçon. Je n'osais rien lui demander, même pas d'accepter d'être présentée à mes parents, surtout pas.

C'est elle qui a pris les devants pour ça aussi.

« Alors tu me les présentes quand, tes parents ?

— Tu sais, c'est pas ce que tu crois, tu seras peut-être déçue, tu ne voudras sans doute plus me voir ensuite », j'ai dit en bégayant.

Elle a insisté.

Je les lui ai présentés.

Maman avait servi de la purée et une tranche de jambon roulée. Laurence a dit que c'était délicieux. J'ai baissé la tête. J'ai pensé que je n'avais que trois slips dans la commode de ma chambre d'enfant attardé toujours au domicile parental à vingt-sept ans. J'ai pensé que je n'avais à moi que ma voiture, la toute dernière Toyota à la mode, trois portes, noire, vitres teintées. Pas d'économies. Tout pour mon père. J'ai pensé que je n'avais rien à donner à Laurence pour le mariage, notre future maison et sa bague de fiançailles.

Elle a déclaré à mes parents :

« On se marie dans trois mois à la mairie.

— Pas à l'église ? a demandé maman. Nous sommes croyants.

— Pas moi.

— Mais notre fils, oui.

— Votre fils se moque bien de se marier à l'église ou pas, ai-je répondu sans réfléchir. Votre fils épouse Laurence dans trois mois et quittera la maison à ce moment-là. »

Papa s'est levé. Il est parti à l'étage. Dix minutes plus tard, il est revenu, un sac dans une main, sa carabine dans l'autre.

« Va épouser ta putain qui parle à ma place. »

J'ai cru m'effondrer devant lui. J'ai regardé Laurence, « ma putain », j'ai pensé à moi, le raté, le moins que rien.

Mon père avait jeté le sac à nos pieds, Laurence me tenait la main. Je ne saurais plus dire comment elle s'était rapprochée, avait senti que je n'aurais pas le courage de tenir tête à mon père, pas cette fois, pas encore, jamais peut-être. Je ne sais pas comment elle a deviné que je n'étais pas armé, que j'étais sans force dans mon cœur d'homme mal bâti, que de moi il ne fallait rien attendre de plus que d'aligner des parpaings, construire des murs et des maisons en béton, dures comme le roc. Elle a su pour moi, a regardé mon père, outragé, qui a levé sa carabine sous mon menton.

« Si tu reviens ici, t'es mort », il a dit.

Laurence l'a regardé dans les yeux : « Viens, mon chéri, on s'en va. »

Et on est partis.

Ça fait presque vingt ans. Mon père est mort. Je ne l'ai jamais revu. Ma mère a appelé pour son enterrement, elle voulait que je vienne, j'étais son fils quand même. Je suis resté avec « ma putain ». S'il avait su que Laurence allait courir toute seule tous les vendredis matin, et en short qui plus est, je ne sais pas quel mot, plus fort que « putain », il aurait employé pour la désigner.

Je m'en veux de ne pas avoir défendu Laurence, de ne pas avoir répondu à mon père, d'avoir perdu la voix devant lui, sa colère, son jugement, son intransigeance et son entêtement à me considérer comme un incapable.

Laurence n'est jamais revenue sur l'épisode. Elle savait qui elle emmenait dans son appartement ce jour-là, trois mois avant la date de notre mariage. Elle savait qu'il n'y avait que trois slips qui dataient de l'armée dans mon baluchon, un pauvre pyjama digne d'un évadé de prison, deux polos et deux jeans. Pas de chaussettes. Mon père avait oublié les chaussettes dans mon barda, sans doute parce que c'était l'été, ou peut-être parce qu'il n'en avait plus lui-même et qu'il avait préféré les garder.

Le soir, chez Laurence, dans son appartement à elle qu'elle payait toute seule avec son salaire d'infirmière, je me suis senti minable. Au lit, ça s'est vu.

Elle n'a rien dit pour ça non plus.

Le jour du mariage, on était nous deux, deux témoins et son père. Sa mère était morte depuis longtemps. Charles avait déjà une canne à cause de sa maladie. On est allés dîner au restaurant. Voir une alliance à mon doigt m'a tellement touché que je n'ai pas dit un mot de la soirée. Heureusement, mon meilleur pote assurait pour moi et mon beau-père m'aimait bien, je crois. Laurence me caressait la cuisse sous la table, pour me rassurer. Je ne sais pas si elle avait compris qu'elle épousait un homme qui jamais ne l'emmènerait en voyage à l'étranger pour la simple raison que jamais je n'aurais le courage de monter dans un avion. Jamais. Ça c'était pas pour moi, c'était pas pour les merdeux dans mon genre comme disait mon père, c'était pas pour les ouvriers du bâtiment. Les gens utiles ne perdent pas leur temps dans les avions, les gens utiles ne partent pas en vacances, mais pour faire plaisir à Laurence, on a fini par acheter une caravane d'occasion. Elle était contente, elle demandait moins souvent que je l'emmène à Valparaíso. Je ne pouvais tout de même pas lui avouer que j'étais persuadé que si je quittais la terre ferme, j'exploserais en vol.

Laurence m'a sauvé la vie. Vraiment, je lui dois tout. Grâce à mon pote et témoin Éric, j'ai réservé un hôtel sur la côte, le Val Paradis, et on est partis en voyage de noces. On a couru sur la plage. C'était la première fois de ma vie que je voyais la mer. J'étais si ému que réussir à faire l'amour à ma femme a été une épreuve. Elle ne s'est pas plainte. Elle m'a dit : « Je suis bien, tu es mon amour, ça viendra avec le temps. »

Avec le temps, c'est venu, elle avait raison. Nos deux filles Julie et Annie sont venues elles aussi. Je les aime toutes les deux, toutes les deux pareillement, mais avec un petit faible, très léger, infime pour Julie parce qu'elle me ressemble. Elle a peur. De quoi ? On ne sait pas. Sait-on jamais pourquoi on a peur ? Moi, je n'ai jamais su pourquoi je n'avais pas pu soutenir le regard de mon père. C'était comme ça.

Petit à petit, j'ai pris de l'assurance, grâce à ma femme. C'est elle qui m'a donné l'idée de monter ma boîte avec Didier, mon ami d'enfance, qui n'a, lui aussi, qu'un CAP. Bien sûr, j'ai d'abord dit non, négatif. Moi, mon propre patron ? Et puis quoi encore ? J'avais peur des comptes, des factures, des devis et surtout des fautes d'orthographe qui allaient avec. Un soir, Laurence a fini par me tirer les vers du nez. Je lui ai tout déballé : mes doutes, mes peurs, mes faiblesses et surtout, ma panique à l'idée de nous plonger dans la misère. Elle a souri. Forte d'avoir sans doute anticipé ma réponse, elle a formulé, sûre d'elle, sa solution : « La sœur d'une collègue est comptable, on va la contacter. Pour le reste, je m'en occupe. »

Ça a marché et me voilà depuis dix ans mon propre chef, à mener ma barque avec mon meilleur copain. On a chacun notre fourgon, mais on travaille presque tout le temps ensemble. On préfère. Sur les véhicules, on a écrit en lettres majuscules : EDMOND & DIDIER EXPERTS EN MAÇONNERIE. Ça sonne bien, je trouve.

On a beaucoup de chantiers, ce n'est pas le travail qui manque par ici. C'est pour ça que je m'endors tous les soirs devant la télé. Pour s'amuser, Annie me pince le nez quand elle vient faire un petit tour dans le salon en prétextant qu'elle n'arrive pas à s'endormir. Je fais semblant de ronfler, elle me serre le pif et je m'ébroue comme un cheval qui renifle. Elle recule en riant à gorge déployée, Laurence la renvoie dans sa chambre sans tarder, et on se jette un regard complice. Quand elle traîne des pieds pour gagner du temps et capter quelques images sur l'écran, elle nous fait craquer.

Mes filles font tout mon bonheur. Mais il y a quelques années, elles se sont mises à réclamer leurs grands-parents. Elles s'étaient donné le mot et répétaient en boucle : « Quand est-ce qu'on verra papy et mamie ? » J'étais perdu. Je faisais comme si je n'avais rien entendu. Ça devait être pour ça que les filles en remettaient une couche chaque fois.

Comme toujours, c'est Laurence qui a trouvé la solution.

Un matin, elle a pris son courage à deux mains pour décrocher le téléphone. Ma mère lui a répondu. Elle a dit que c'était plus la peine de venir, que c'était bien comme ça et puis qu'elle l'avait jamais vue enceinte, alors que pour elle, il n'y avait pas de petite-fille. Laurence a clos la conversation : « Au revoir et portez-vous bien. » Elle ne s'attendait pas à autre chose.

Le soir, on a réuni les filles autour du feu pour leur expliquer la situation. Annie a dit : « On a compris. » Julie a gardé le silence en me regardant tristement. Elle avait dû sentir la faille qui me séparait de mes parents.

J'aurais pu, comme Laurence, passer le bac et tout le tralala. J'aurais pu lire, lire, lire en douce comme Julie même si mon père refusait de me prêter ses livres neufs de peur que je ne les salisse. J'ai préféré travailler, gagner ma vie le plus tôt possible pour ne rien avoir à demander. Pour ça, rien de tel que le bâtiment. J'aurais voulu partir loin, disparaître du jour au lendemain, mais je n'arrivais pas à laisser ma mère, alors je suis resté dix ans à végéter, sous le regard noir de mon père. Je lui ai versé plus des trois quarts de mon salaire, travaillant six jours par semaine, pour gagner le droit de sortir avec des collègues le samedi soir et de jouer au ball-trap le dimanche après-midi. Je rapportais souvent des coupes dont mon père n'avait que faire, seuls lui importaient les paniers garnis qui allaient parfois avec. Il avait manqué de tout pendant la guerre, de nourriture surtout. Il mangeait toujours lentement, solennellement, en silence et sans gaspiller. Je me demande encore comment j'ai pu rester si longtemps. Pour aider ma mère, probablement. Mon père ne mettait jamais la main à la pâte. Tout son temps libre était consacré à la lecture. Il répétait qu'une vie ne suffirait pas à rattraper son retard et me méprisait de regarder la télé. Mes frères étaient déjà mariés, partis, ouvriers aussi pour gagner du temps et ne rien demander à celui qui gardait tout pour lui.

Il m'a fallu Laurence pour m'arracher de ma souche et des années pour me pardonner. Je ne regrette pas.

Julie pleure, en cachette. J'aimerais savoir la consoler, la prendre dans mes bras, lui dire que je l'aime, qu'elle est ma fille adorée, belle comme la plus belle jacinthe de mon jardin. Je l'aurais plutôt appelée ma rose, mais c'est interdit dans la maison, à cause de la mère de Laurence, alors je la compare à une jacinthe, parce que sa peau de fillette exhale cette senteur envoûtante de la jacinthe en hiver. Je ne l'ai pas prise dans mes bras quand j'ai vu son regard triste au coin de la cheminée. C'est toujours Laurence qui console les filles. Moi, je n'ose pas les approcher. Elles me font peur elles aussi, vraiment. Ma douceur est de leur offrir des Mentos en sortant de la piscine, mais Julie n'en mange pas, alors je ne sais pas comment lui faire plaisir.

Longtemps, je me suis demandé ce que Laurence pouvait bien faire avec moi, je me le demande encore, je n'ai pas la réponse, je n'ose pas lui poser la question de peur qu'elle ne change d'avis. Alors, je me tais, ignorant, incertain, juste bon à entretenir la maison et le jardin. Je suis là, toujours là, fidèle.

Jamais je n'ai regardé une autre femme que la mienne. J'ai trouvé la perle rare, pourquoi faudrait-il que j'en désire une autre ? Ce n'est pas à cause des dix commandements que ma mère m'a fait apprendre par cœur quand j'étais enfant de chœur. *Tu ne commettras pas d'adultère. Tu ne convoiteras pas la femme de ton prochain*. Non, rien à voir avec ça. J'ai trouvé la femme parfaite pour moi.

Parfois quand je l'imagine disparaître, je sens des picotements dans mon nez. Il me faut alors retenir le déluge de mes larmes, cacher que la seule chose qui puisse me faire pleurer dans la vie est d'imaginer, ne serait-ce qu'un instant, être privé de ma femme. C'est pour ça que je veux absolument qu'elle m'appelle quand elle rentre de son footing. Je ne suis jamais tranquille de la savoir seule dans les bois. Elle court vite, avec son portable au cas où, mais quand même.

J'ai longtemps cherché le sens du mot « adultère ». Le dictionnaire était dans le bureau de mon père. Interdit d'accès. Je crois que j'avais demandé à maman : « C'est quoi un adultère ? » Elle avait sans doute répondu : « Apprends par cœur, comprendre ne sert à rien. *Heureux les simples d'esprit.* » Ma mère avait dû laisser couler ces paroles dans sa gorge aussi sûrement que le lait de son enfance. Elle s'en délectait même, le royaume des cieux lui appartenait. Pour la même question au maître d'école, j'ai reçu une gifle et un conseil mémorable : « Tu apprendras à te taire, petit impertinent. »

C'est à partir de ce moment-là que j'ai appris à dire amen, amen à tout. C'était pratique, un hochement vertical me suffisait pour me faire comprendre. Pas besoin d'ouvrir les lèvres, je me contentais d'un geste de la tête comme celui des chevaux qui regardent les passants et semblent leur dire bonjour de ce même signe, simple et universel, qui veut dire OUI. C'est pour ça que je n'ai pas trouvé les mots quand Laurence est venue m'inviter à danser, ce n'était pas une interrogation qui appelle une réponse par oui ou par non, comme Julie l'étudie au collège en ce moment (elle récitait sa leçon, hier soir, dans sa chambre), c'était l'interrogation de l'angoisse, le ni oui ni non du beau garçon en apparence, mais creux à l'intérieur.

Laurence, elle, m'a regardé autrement. Elle ne m'a pas demandé de dire amen, elle a parlé pour moi et m'a tenu à bout de bras pour me donner confiance. Elle a fait de moi un père, un patron, un expert. Un homme, tout simplement.

Il n'y a pas de religion à la maison. Pas de croix, pas de vierge en plastique que ma mère rapportait de Lourdes chaque année, avec des médailles en toc parfois, des petits anges tout mignons qu'elle portait à ses lèvres en s'agenouillant devant le crucifix. Elle en a fait plus pour ses médailles que pour ses fils, plus pour le Christ sacrifié sur la croix que pour moi sacrifié par son désamour.

Entre Laurence et moi, c'est aussi naturel que l'éclosion d'une rose, fleur interdite, mais de moi préférée, au point que je peux lui jurer en la regardant droit dans les yeux sans ciller, sans une ombre et sans le moindre doute que je l'aimerai toute ma vie et même après. Je n'avais décidément pas besoin de connaître le sens du mot adultère, mon père avait raison de bloquer l'accès du dictionnaire. *Heureux les simples d'esprit*, ils aiment assez leur femme pour la garder toute la vie et la trouver toujours plus belle, même quand elle attrape des cheveux blancs, des rides, des bouffées de chaleur, des kilos en plus, des taches sur les mains, des douleurs au dos, au cœur parce que son ventre ne saigne plus tous les mois et qu'elle craint d'être abandonnée pour une petite jeune lisse et sans histoire. Merci papa-maman d'avoir fait de moi un simple d'esprit, grâce à vous je sais aimer d'un amour absolu. Mais voilà, après ma femme, il y a mes filles, et là, je n'ai pas la clé pour leur dire, ne serait-ce que leur suggérer tout ce que je pense d'elles, exact contraire de tout ce que vous m'avez toujours dit de moi.

Et Julie qui pleure, comme Marie Madeleine aux pieds de Jésus. Elle pleure et je ne sais pas pourquoi. Laurence ne sait pas non plus. On ne sait pas, mais on a remarqué.

Laurence parle d'un psy pour l'aider parce que vraiment, bien qu'elle soit infirmière, elle n'y arrive plus. Moi, je refuse, parce qu'à force d'avoir dit amen trop longtemps, maintenant quand on me propose quelque chose, je commence toujours par dire non, négatif, je réfléchis après. Si Laurence me parle à nouveau du psy, je dirai sûrement « Fais comme tu veux », parce que pour elle je finis toujours par céder, parce que je l'aime plus que ma vie et que rien n'est plus important pour moi que son bonheur. C'est pour ça qu'elle court en ce moment et que je m'inquiète en entassant mes parpaings. Bien sûr, la psychose ne sert à rien. Donc le psy, je n'y tiens pas trop pour Julie. Ça fait remonter les angoisses, on a peur de tout et on avance encore moins vite. Laurence n'est pas de mon avis. Elle dit que ça aide à se libérer de ses peurs. C'est peut-être parce que j'ai toujours eu peur et que j'ai vécu avec que je dis « Négatif », quand Laurence me parle d'une thérapie pour Julie. Heureusement, Annie n'en a pas besoin. Elle est comme sa mère, elle sait où elle va ; mais ma Julie, ma petite chérie, tendre aux yeux mouillés, qui me ressemble tant…

De temps en temps, Laurence me réclame encore de l'emmener à Valparaíso. Dans ces moments-là, je sais qu'elle est fatiguée et qu'elle a besoin de changer d'air, mais je souris et détourne la tête comme si je n'avais rien entendu. Je le regrette. Je voudrais agir autrement, mais jusqu'à maintenant j'ai toujours eu l'impression de n'avoir le droit que de me contenter de ce que j'avais déjà.

C'est un tort et mes filles me le font sans cesse remarquer, surtout Annie. Elle a des listes d'envies longues comme le bras. Je parie que les filles ont souvent l'impression qu'on n'est déjà plus dans le coup, mais je dois avouer que leurs réactions m'amusent beaucoup.

Brusquement, la sonnerie du téléphone me fait sursauter. Je laisse de côté le mur de soubassement que je suis sur le point de terminer. C'est Laurence. Sa course est terminée, elle m'appelle aussitôt ou presque, avec quelques minutes de retard, ce qui n'est pas dans ses habitudes.

Je décroche.

C'est une autre voix. Ce n'est pas ma femme.

Ma gorge se noue. C'est ma voisine d'en face.

J'écoute. Je raccroche vite. J'appelle Laurence.

Rien.

Rien qu'un bip, qui se prolonge à l'infini.

Je rappelle… Je rappelle…

Je me rappelle ses lèvres sur les miennes, par surprise, dès le premier soir. Je me rappelle sa main dans la mienne alors que mon père venait de la traiter de « putain ». Je me rappelle son sourire après la naissance de nos filles. Elle me les a données, offertes comme des cadeaux, les plus beaux cadeaux venus d'elle, de son corps parfait qui n'a pas changé et ne changera jamais à mes yeux. Même vieille et fripée, Laurence sera toujours pour moi la plus belle, la grâce de mon existence de prétendu raté.

Dans son regard, j'ai découvert tout ce qu'il y avait de beau en moi. J'ai appris à tuer le silence et demain je saurai parler.

Je saurai lui dire : « Surprise ! » en lui tendant deux billets.

Elle descendra les escaliers de l'avion la première, posera le pied sur le sol chilien, me regardera de ses yeux à elle, ses yeux qui ont pansé toutes mes plaies, même les plus vives. Je sais qu'elle bloquera toute la file des passagers pressés pour m'embrasser, là, au pied de l'avion et me remercier, alors que c'est moi, moi seul qui lui dois tout.

Demain, demain et pourquoi pas aujourd'hui, tout de suite et maintenant. Parce que là, c'est urgent, je rappelle et il n'y a personne au bout du fil, pas de Laurence, pas de femme, pas de voix, pas de vie.

Je compose le 17 sans savoir pourquoi.

Heureux les simples d'esprit.

Je n'en suis plus.

Ils décrochent rapidement.

Je détaille la situation à la police. Les mots me viennent comme la manne tombe du ciel.

J'insiste. Ils ne sont pas pressés.

Mes mains se mettent à trembler.

L'agent de police me déblatère une liste de causes éventuelles de retard pour me convaincre d'attendre et de rappeler au besoin, car il est vraiment trop tôt pour s'inquiéter. Ma femme a juste quelques minutes de retard, pas la peine d'en faire toute une histoire.

Très bien, j'ai compris le message, je vais me débrouiller. Qu'ils gardent bien mes coordonnées, je sais que quelque chose d'anormal est arrivé, j'en suis persuadé.

Je raccroche.

La colère se greffe à la peur. Témoin de la conversation, Didier me connaît assez pour deviner ce que j'ai l'intention de faire.

Il me donne une tape sur l'épaule, me libère du chantier et me pousse à partir aussi sec.

Je démarre en trombe.

Les routes sont désertes jusqu'à la forêt où je croise une voiture qui file comme une balle. Si seulement j'avais eu le réflexe de l'arrêter, le conducteur aurait pu apercevoir ma femme et me rassurer.

Trop tard. Je monte en pression, mais j'essaie de garder les idées claires pour rouler vite et retrouver Laurence avant de sombrer dans la panique.

Quelques mètres plus haut, je néglige volontairement une seconde piste : une voiture de police garée devant la seule ferme des environs. Le 17 m'a échaudé et je préfère reproduire l'itinéraire en entier avant de passer à nouveau pour l'angoissé de service.

Je pénètre lentement dans la forêt. Personne.

La voisine ne me rappelle pas. C'est mauvais signe.

Lentement, je roule. À chaque virage je m'attends à trouver ma femme claudiquant, la cheville en vrac, ralentie par une mauvaise chute. Mais non, vraiment, aucune trace de sa présence.

Je souffle, j'inspire, j'essaie de rester calme.

Nouvelle tentative… Encore le répondeur de Laurence !

Elle décrocherait, pourtant, si elle s'était blessée. Impossible de rester comme ça.

Je sens bien que quelque chose ne va pas.

Je dois parler, raconter, insister.

Quelqu'un finira bien par m'écouter.

Jérôme

Comme un enfant rêve de super-héros, j'ai longtemps rêvé de victoires.

J'ai toujours été comme ça. Envie de bouger, de me dépasser. Besoin d'être le premier et de tout mettre en œuvre pour y arriver.

Avec mon pote Axel, on se tire la bourre depuis qu'on est petits. Soit c'est lui qui gagne, soit c'est moi, mais ici, la médaille, c'est forcément pour nous.

Quand j'ai décidé de faire mon service militaire après mes études, mes amis n'en revenaient pas. Pour eux, quoique bien affûté, j'avais pas le profil. Axel avait des doutes lui aussi.

Dans les premiers temps, j'en ai bavé, à cause de la discipline, mais j'ai tenu bon. Grâce à l'armée, j'ai appris à me battre quitte à serrer les dents pour atteindre mes objectifs et si Jim m'avait dit comme dans *Mission impossible* : « Bonjour Jérôme. Votre mission, si toutefois vous l'acceptez… », j'aurais répondu OK sans hésiter.

À la fin de l'année, on m'a proposé la police nationale. J'ai foncé tête baissée. Concours, stage de formation dans une école de police à Lyon, uniforme bleu marine et titre de gardien de la paix à la clé. Par chance, on m'a attribué un poste à deux pas de chez moi. J'ai enquillé les concours et me voilà brigadier major à veiller à la sécurité des civils et au respect des lois. Je fais un métier utile et je ne m'ennuie pas.

Pendant mon temps libre, je continue à m'entraîner avec Axel. On se cale des séances de deux heures, c'est stimulant. Il me booste, il est plus fort que moi, mais il se la raconte pas.

Au début, la course à pied, c'était pas pour moi, je préférais le moto-cross, mais j'ai levé le pied quand j'ai rencontré Camille. Plus tard, j'ai vendu ma bécane pour acheter ma baraque.

Vivi, un ami de la famille, avait un bon plan pour moi. Maison neuve avec vue sur le lac, juste à côté du nouveau lotissement. Camille était emballée, prête à faire des heures supplémentaires et Vivi avait un copain banquier pour négocier notre prêt. Fallait pas hésiter.

On a signé le compromis de vente et, six mois plus tard, on s'est installés dans notre coin de paradis. Camille s'occupe de la déco et du jardin, je fais les courses et la cuisine. Pour le ménage, on partage, mais c'est moi qui repasse mes chemises.

Axel a acheté une parcelle pour construire une maison à ossature en bois près de chez moi. Il fait bon vivre ici, alors on en profite. À peine sortis de chez nous, on se retrouve dans les bois. Sans le moto-cross, il me manquait quelque chose et c'est comme ça que je me suis mis à la course. Camille m'a offert une montre cardio dernier cri, je me suis fixé des objectifs et j'y ai pris goût !

On s'est fait un programme avec un logiciel de pros. Mon naturel est revenu au galop, besoin de victoires, de retrouver avec la course les sensations que j'avais sur ma moto.

— Et si on tentait un marathon ?

J'ai lancé ça à la cantonade. Fin de soirée bien arrosée, en boîte.

C'était une blague à la base, un peu comme ça, pour le délire. On se voyait déjà à l'affiche du fameux 42 kilomètres et 195 mètres, comme aux jeux Olympiques.

Et c'est ainsi qu'on s'est retrouvés à Paris en avril, sur la ligne de départ. Quatre autres copains nous ont emboîté le pas : un collègue, un ami d'enfance et deux voisins du lotissement. Contre toute attente, je me suis rendu compte que la préparation au marathon m'avait un peu changé. Avec les gars, plus que la victoire, on voulait du bon temps et une super-expérience. C'est vrai que dans le sport, c'est un peu comme dans la police, l'esprit d'équipe compte avant tout.

La deuxième chose que j'ai apprise, c'est que plus on court, plus on a envie de courir. Et très vite, il devient difficile d'accepter de ralentir quand une blessure se fait sentir.

J'ai connu ça, l'hiver dernier, pendant notre préparation. Douleur au tendon d'Achille. Limitation forcée des objectifs, mais j'ai continué à trottiner. C'était plus fort que moi. J'allais mieux, je repartais, la douleur revenait de plus belle et je me retrouvais comme un con à la piscine, à faire des longueurs en rongeant mon frein.

Finalement, j'ai tenu grâce à mon mental. Je me suis conditionné. Méthode Coué, à l'américaine, *you are the best you are the best you are the best*, je me répétais en boucle toute la journée, et ça a marché !

Quand j'ai franchi la ligne d'arrivée le jour de mon anniversaire, après trois heures, seize minutes et quarante-trois secondes, je me suis dit que tout était possible.

J'ai touché le ciel avant de m'affaler par terre, vidé, mais vraiment fier de moi, de nous.

Cette expérience a été un déclic et depuis, au boulot, je suis toujours volontaire pour réclamer les missions les plus délicates. On a ça en commun avec Camille. À l'hôpital, les cas désespérés lui sont attribués d'office. Je crois qu'on a tous les deux besoin de défis pour avancer dans la vie.

Autrefois, je visais l'exploit, le regard des supporters posé sur moi. Je m'imaginais franchissant le premier la ligne d'arrivée. J'entendais les acclamations du public. Camille hurlait à mon passage, je lui frôlais la main. Je m'y voyais. J'étais au top et je me prenais pour un superhéros. Avec le marathon, j'ai compris que je n'avais pas besoin d'arriver le premier pour avoir du mérite et j'ai réfléchi à une nouvelle manière de me dépasser. De tester mes limites, mais sans me la raconter, juste pour moi.

À la fin d'une course avec Axel, je lui ai tendu une perche.

« Et si on tentait un Ironman ?

— Mais tu détestes nager !

— Ça va changer. Je veux être un athlète complet, avec l'homme de fer tatoué sur mon mollet. »

On s'est jetés sur nos iPhones. Mai prochain… Ironman de Lanzarote. On y serait ! Sauf que depuis qu'on s'est inscrits, mes missions à la brigade se multiplient. Difficile de m'entraîner régulièrement dans ces conditions, mais je ne m'en plains pas. Je me sens utile.

Ce matin, en descendant à la machine à café, dans le hall du commissariat, je suis tombé sur Vivien qui trépignait à l'accueil. Son attente promettait d'être d'autant plus longue que Francis était accaparé par le téléphone qui sonnait toutes les deux secondes.

— Qu'est-ce que tu fais là ?

On se serre la main, une tape dans le dos avant de s'embrasser, on se connaît.

— Ma clôture a encore été vandalisée cette nuit ! Un jour, mes taureaux vont se barrer et je te dis pas les dégâts que ça fera !

Il est furieux. Ce n'est pas la première fois que ça lui arrive. Les barbelés sectionnés, il a l'habitude. Les chasseurs ventripotents, passe encore, mais là, ce sont des mètres de clôture en l'air, la barrière défoncée, des heures de travail en perspective et des risques à ne pas négliger.

Au dépôt de plaintes, Carine sort de son bureau. Elle claque la porte vitrée, nous fait sursauter, hurle à la volée :

— J'y crois pas ! Je sais pas sur quelle planète on est ici. Il peut pas venir alors il envoie sa mère !

Sur ce, elle fait demi-tour et claque à nouveau la porte derrière elle. Avec Vivi, on se regarde, on toque, on marche sur des œufs pour la solliciter. Elle fait rentrer mon ami avec le sourire et l'invite à s'asseoir.

Je les laisse pour organiser une patrouille et me rendre sur les lieux dans la foulée. J'en oublie mon café.

Trente minutes plus tard, Vivien a signé son dépôt de plainte et je le retrouve assis dans le hall, un gobelet vide à la main, face à une dame qui attend, son sac sur les genoux. Près d'elle, un petit garçon observe, la bouche ronde. Il se cache les yeux quand Vivi lui fait un clin d'œil en se levant.

— C'est réglé ! On va te raccompagner pour constater les dégâts. Je vais chercher le reste de la brigade et on se retrouve en bas.

Le téléphone sonne à nouveau, Francis décroche, Vivi sursaute.

— Ah ! J'ai oublié Claude ! Il faut que je l'appelle tout de suite, il va s'inquiéter sinon. J'aurais dû y penser avant, mais…

— Pas de problème. On n'est pas à cinq minutes près. On se retrouve devant le portail.

— J'espère que t'es pas pressé, lance Vivien en sortant son téléphone, je suis en tracteur !

Les bras m'en tombent, mais de sa part, c'est juste comique.

Dans les premiers temps, j'ai fait beaucoup de surveillance et de contrôles routiers. Je traquais les excès de vitesse, l'alcool au volant et la consommation de stupéfiants. J'intervenais sur les gros accidents et parfois, la mort me tétanisait sur place. J'assistais à des scènes tragiques et dans ces moments-là, la puanteur des cellules de dégrisement me semblait sans importance.

Ces derniers mois, je couvre plutôt les cambriolages et je commence à mener quelques petites enquêtes. Je continue à osciller entre le bureau et le terrain, mais je goûte à l'investigation et ça me stimule tellement que j'en néglige mes entraînements pour l'Ironman.

Avant, je ne pensais qu'à être dans l'action, H 24. Je croyais que les solutions musclées étaient la panacée. J'aurais tout donné pour avoir un nom de code et mener de grandes opérations où ma vie n'aurait tenu qu'à un fil. Je me rends compte que mes aspirations ont bien changé.

Je sors du commissariat avec ma patrouille, Vivi attend dans son tracteur. Son moteur tourne, il écoute la radio à fond.

On est trois dans la voiture, tous en uniforme pour l'escorter. On traverse la ville, deux villages et un bout de forêt avant d'arriver au grand pré. Je connais bien le secteur, j'y passe quand je cours. C'est une prairie avec vue plongeante sur la ville et le lac.

Vivi se gare en travers du chemin, coupe le moteur et saute de son tracteur.

Je suis le premier à mettre pied à terre pour constater les dégâts. L'agent qui était au volant enfile des gants et sort un scellé de sa poche pour y recueillir le moindre objet susceptible de nous servir de preuve. Le troisième agent, une jeune recrue, déroule la rubalise pour délimiter la zone vandalisée.

Direction la barrière, ou du moins, ce qu'il en reste.

— C'était pourtant du solide, m'assure Vivi.

Je m'approche, j'observe, je prends des notes. Un véhicule lourd a dû défoncer la barrière, un 4 x 4 avec pare-buffle, par exemple.

— Mais dans quel but ? s'étonne Vivi.

— Je l'ignore, mais plus pour longtemps.

J'inspecte la clôture éventrée sans rien déplacer. Plus j'y regarde de près, plus ça me rappelle une autre mission sur laquelle j'ai été envoyé le mois dernier. Je ne sais pas si le dossier a été bouclé, mais je vais en parler à l'unité d'investigation.

En attendant, je note que les barbelés ont été méthodiquement sectionnés au ras des poteaux. Trois fils tendus, six coupures systématiques par tronçon. Ne restent que les poteaux dont certains ont été retirés et dégagés de manière anarchique dans le pré. Quelques traces de roues subsistent sur le sol. La jeune recrue me suit en prenant des photos.

Vivi regarde de son côté. Parfois, je me retourne pour m'assurer que mon collègue a bien photographié tout ce qu'il faut. Je cherche un indice, un petit élément en apparence anodin qui pourrait nous mettre sur une piste.

Sceptique quant au mobile d'une telle dégradation, j'interroge Vivi. Il pense à un éleveur de chevaux qui a insisté cet été pour lui acheter son pré afin d'y mettre ses bêtes. Vivi a refusé de le lui céder malgré ses propositions financières mirobolantes. Les premiers dégâts sont survenus juste après son refus définitif, mais ce n'est peut-être qu'une simple coïncidence.

Sur ces révélations, je trouve un gant dissimulé par une touffe d'herbe au pied du premier poteau après la barrière. Je lance le protocole de collecte des indices. Le gant est scellé dans un plastique puis soigneusement rangé dans le coffre de la voiture. Un scénario s'élabore déjà dans ma tête.

Je formule mes hypothèses en abrégé et peaufine mes notes pour rédiger le PV.

Dernière inspection. On remballe. Direction chez Vivi pour relever les coordonnées de celui qui, cherchant à acheter son pré, devient notre premier suspect.

Je vais devoir passer le relais à l'investigation pour cette affaire et ça m'exaspère. Frustration de celui qui commence sans jamais finir. Besoin de prendre les commandes. Besoin de sens. J'y pense de plus en plus, mais je suis conscient de ce que cela implique. Il me faudra quitter cette vie, vendre la maison et partir, mais Clark Kent n'a-t-il pas quitté Smallville pour devenir Superman ?

Reste à savoir ce qu'en pensera Camille.

Le tracteur redémarre et on le suit de façon à éviter les nids-de-poule.

Quelques minutes plus tard, Vivi immobilise son engin sous le hangar de sa propriété. On se gare sur le bord de la route – on prend soin de ne pas écraser le coq au passage. Vivi nous laisse entrer et ressort aussi sec, sans s'expliquer, en claquant la porte.

Persuadés qu'il est allé chercher une bouteille, on enlève nos blousons. On les accroche au portemanteau face aux étagères où sont exposées des miniatures en bois. C'est Vivi qui les fabrique. On s'installe dans la cuisine, je jette un œil à la fenêtre.

Vivi se dépêche de rentrer, un véhicule gris passe en trombe sur la route et disparaît.

La porte d'entrée claque à nouveau. D'un pas sonore, Vivi traverse le couloir et nous rejoint, une bouteille de blanc à la main.

— C'était qui dans la voiture grise ?

— Mais t'as pas reconnu Claude ? Il dit qu'il avait plus de batterie. Il a pas eu mon message, mais il s'est pas démonté, le gars. Il est allé aux champignons en m'attendant, mais y en avait pas ! Il a rien trouvé, le pauvre diable.

— Dommage pour lui… Au fait, tu lui as demandé s'il savait quelque chose pour ta clôture ?

— Pas la peine ! Tu connais Claude. Inutile de compter sur lui pour ce genre de choses.

— On ne sait jamais. Il faut chercher partout, ne négliger aucune piste et poser les mêmes questions à tout le monde.

— T'es bien un flic, toi !

De la part de Vivi, je prends ça pour un compliment.

Une fois nos verres remplis, on se lance à nouveau dans un débat sur la clôture et les suites à donner à l'affaire. Chacun y va de ses commentaires, mais notre élan est soudain coupé par de violents coups assénés à la porte d'entrée.

On se regarde, étonnés. Vivi se lève puis s'assied de nouveau, un soupçon de sourire aux lèvres.

— Vas-y ! me dit-il. C'est sûrement Claude qui revient. Ça va lui faire tout drôle de te voir en uniforme.

Ça, c'est bien un coup à la Vivi… Un peu gêné de me retrouver face à mon banquier et voisin alors que je suis en service l'haleine gorgée de vin blanc, je me résigne à aller ouvrir.

Contre toute attente, c'est moi qui suis surpris, stoppé comme Superman face à la kryptonite.

L'homme au visage décomposé qui me fait face n'a pas envie de plaisanter. Il commence par me demander si j'ai vu sa femme. Non, personne dans les environs à l'exception d'un cueilleur de champignons. Nous enquêtons sur une dégradation de clôture.

— Pourquoi cherchez-vous votre femme ?

Il reprend, parle vite, gesticule. Son épouse a l'habitude de courir par ici toutes les semaines à heure fixe.

Mes collègues s'approchent, se lancent des regards pleins de sous-entendus. Je reste impassible et méthodique pour ne rien laisser filer. Je dois redoubler d'attention et calmer le mari nerveux. Il veut être pris au sérieux. Il réclame une intervention immédiate puisque nous sommes déjà sur place.

Démuni, je lui explique. On ne fonctionne pas comme ça dans la police. Chacun son rôle, chacun son métier. On ne déclenche pas une procédure pour disparition inquiétante sans attendre plusieurs heures. Il faut garder son sang-froid et, dans ce genre de cas d'ailleurs, tout s'arrange souvent beaucoup plus vite qu'on ne le croit.

Il se fâche. Je le rassure. Elle a pu changer d'itinéraire, faire une course de dernière minute, être appelée à l'école, vous avez des enfants ?

Pas de réponse. Il n'écoute rien.

— Ce n'est pas normal, pas normal du tout, répète-t-il.

— Calmez-vous, lui dis-je, avant de lui poser quelques questions pour le ramener à la raison.

Il s'entête. Sa voisine l'a appelé. Sa femme, Laurence Vasseur, n'est pas rentrée de sa course à pied. Il a quitté son travail pour retracer son parcours habituel, mais il ne l'a pas trouvée. Impossible de la joindre sur son portable. La maison est toujours fermée. Laurence l'appelle sans faute, à peine arrivée, à dix heures précisément. Il faut lancer les recherches sur-le-champ, ne pas perdre de temps.

Vivi arrive, la pression retombe un peu. Il voit de qui l'on parle. Faut pas s'inquiéter, il n'y a pas de danger dans sa forêt.

— Que sais-tu de cette femme ?

C'est moi qui pose les questions. Je vais changer d'unité. Direction l'investigation. Ma décision est prise.

— Elle a deux petites filles. Ma mère les aimait bien. Tout le monde la connaît ici. Pas de soucis. Elle est jeune, en bonne santé. On ne s'évapore pas dans la nature. C'est juste un changement de programme. Il faut être…

— Vous l'avez vue aujourd'hui ? l'interrompt le mari excédé.

Déçu de ne pouvoir être d'aucun secours, Vivi garde le silence un instant.

— Mais j'y pense ! reprend-il. Claude sort juste de la forêt. Il a peut-être aperçu votre épouse en route. On n'a qu'à l'appeler. Il nous dira, lui, ce qu'il en est.

Stop ! On arrête tout, je reprends les choses en main. Il faut rester calme, ne pas s'emballer.

Chacun son rôle, chacun son métier.

Il faut attendre et suivre la procédure. Il faut surtout interroger les proches et s'assurer que cette femme n'a pas été appelée d'urgence à l'école ou sur son lieu de travail.

Le mari, pas rassuré, n'est pas de mon avis. Son visage devient livide.

Le doute me prend aux tripes.

Contrairement à lui, si Camille n'était pas à la maison à mon retour, je ne serais pas inquiet pour deux sous et j'en profiterais sûrement pour faire une séance d'entraînement supplémentaire.

Un bruissement attire notre attention.

Dans les fourrés…

– Une vache égarée ? lance mon collègue, sur le ton de la plaisanterie.

Comme si c'était le moment !

En éleveur aguerri, Vivi fait un pas de côté et s'approche des fourrés.

Le mari s'impatiente, sur le point de s'en aller.

Si sa femme a disparu, je ne serai pas chargé de l'enquête. Je n'ai pas le poste qu'il faut, mais je le décrocherai bientôt.

Claude

Je démarre, je démarre vite.

J'espérais passer inaperçu, mais Vivi m'a fait signe de m'arrêter. J'ai stoppé net, on a échangé quelques mots. J'ai fait bonne figure, obnubilé par la voiture de police garée devant chez lui qui se profilait soudain dans mon rétro.

Comme tous les vendredis à neuf heures et demie, j'ai rendu visite à Vivi. En général, on s'installe dans sa cuisine. Il me sert un café ou un verre de blanc avant de me raconter les nouvelles du pays.

Vivi parle beaucoup, à cause de la solitude. Il ne s'est jamais marié, il n'a pas eu d'enfants. Il est devenu agriculteur quand son père est parti sur un coup de tête pour refaire sa vie ailleurs. Après il est resté avec sa mère qui est morte du cœur l'année dernière.

Elle s'appelait Christiane. Je l'aimais bien. C'est elle que j'ai connue en premier. Elle louait un petit meublé dans la dépendance de sa ferme pour arrondir ses fins de mois. J'y suis resté deux ans avec Cathy et Clément bébé. Ça m'a permis de faire mon trou ici. À la naissance de Justine, nous avons emménagé dans un nouveau lotissement, mais j'ai gardé mes relations. J'ai pris le pli de faire une visite de courtoisie hebdomadaire à Vivi et à sa mère pour me tenir au courant.

Depuis que Christiane n'est plus là, ce n'est plus tout à fait comme avant. Il n'y a plus de gâteaux secs à côté des verres et de la bouteille de blanc.

Elle les faisait elle-même, à la cannelle, au citron, à l'orange ou au gingembre. À chaque parfum, sa boîte. Elle avait grandi dans l'Est, c'était une tradition. À Noël, elle les nappait de blanc d'œuf mélangé à du sucre glace. Le reste de l'année, les biscuits étaient plus simples.

Christiane me considérait comme un bon garçon, avec un bon métier, une belle femme, de beaux enfants.

Elle aurait tellement voulu une petite fille pour lui faire des tresses et lui offrir des robes en vichy rose et blanc.

« C'est si mignon une poupée comme votre petite Justine… »

La mère de Vivi reprenait ce refrain chaque vendredi en plaçant un à un les biscuits dans un sachet décoré d'étoiles. Elle le fermait avec une attache pour sac de congélation et terminait en disant : « Tenez, vous les embrasserez de ma part. » Ensuite, elle enfilait son tablier, son vieux gilet troué et ses bottes en plastique avant de s'éclipser au jardin.

Ça fait sept ans que je vis ici. Avant je déménageais souvent pour cacher mes antécédents, mais je me plais bien au lotissement, ma femme et mes enfants aussi. Pour eux, j'ai essayé de me tenir, mais Vivi absent, je me suis senti perdu, et j'ai dérapé.

Si je viens le voir tous les vendredis, c'est pas par hasard. Ça fait des semaines et des mois que j'y pense. Des mois et des semaines que le film se met en marche dès que je la vois passer derrière la fenêtre.

C'est pas le genre de Vivi de manquer notre rendez-vous. J'ai fait le tour de la propriété. Personne à part les poules et le coq. Un peu inquiet, j'ai essayé de l'appeler. Répondeur. Et puis j'ai pensé à la fille qui court.

D'habitude, je détourne la tête quand elle passe, alors que Vivi la regarde. Il me raconte que c'est la fille de Charles qui l'a élevée tout seul parce que sa femme est morte d'un cancer. Il dit qu'elle était gamine quand c'est arrivé. Elle a deux fillettes maintenant. Vivi ne l'appelle jamais par son prénom. Moi, je ne demande rien, je ne pose pas de questions.

Sans réfléchir, j'ai pris le volant de ma Scénic gris métallisé, choisie pour que Clément et Justine aient du confort et parce que le modèle est tellement répandu qu'il passe inaperçu. J'ai avancé quelques centaines de mètres plus haut et je me suis arrêté sur le côté, dans la forêt, là où je me gare pour cueillir les champignons avec mes enfants.

Ensuite j'ai attendu la fille avec sa belle poitrine. Ça me manque, ma femme n'en a pas. Comme ça commençait à tourner à l'obsession, je lui ai proposé de lui payer des prothèses mammaires. Je gagne assez d'argent, largement assez pour lui offrir une opération. Ça m'aurait permis de tenir, mais Cathy préfère les bijoux et tout ce qui est clinquant. L'un n'empêche pas l'autre. Elle peut tout avoir si elle veut. Je ne lui refuse rien. Je lui ai même acheté une Mini Cooper rouge cerise pour fêter nos quinze ans de mariage et pour qu'elle puisse se pavaner à la sortie de l'école. Les crédits ne me font pas peur, je suis banquier.

Avec ma femme, je suis sans reproche. Jamais elle ne soupçonnerait mes incartades. Pareil pour mes enfants. Si on m'accusait de quoi que ce soit, je parie qu'ils sortiraient bec et ongles pour me défendre.

Quand j'étais étudiant, je me ruinais en putes. Avec le temps, j'ai appris à me maîtriser. Je ne voulais pas qu'on parle de moi comme de mon père quand j'étais petit. Alors j'ai fait des efforts, je me suis marié et j'essaie de résister.

J'ai regardé les minutes défiler sur l'horloge de ma voiture et j'ai pensé à la fille.

D'elle, Christiane disait qu'elle était courageuse de courir régulièrement, été comme hiver. Elle n'aurait jamais pu en faire autant. Elle avait toujours un mot gentil pour la fille qui court.

Elle avait toujours un mot gentil, tout court.

Moi, je me disais : *Je me la ferais bien…*

Ce que Vivi pensait, lui ?

Il ne me l'a jamais dit.

Quand j'ai aperçu la voiture de police, j'ai pris un coup de speed. J'ai réalisé que j'allais devoir déménager et je me suis mis à transpirer. Vivi a dû se douter de quelque chose.

— Ça va ? T'en fais une drôle de tête. Tu viens d'où comme ça ?

— Des champignons, mais j'ai rien trouvé. T'aurais pu me dire que t'étais pas là !

— T'as pas eu mon message ?

— Non, j'ai plus de batterie.

Je l'entendais déjà se foutre de moi, alors j'ai fait semblant de rire le premier pour demander, sans rien montrer :

— Qu'est-ce qui se passe ici ? Pourquoi y a les flics chez toi ?

— C'est ma clôture, on l'a encore saccagée cette nuit. J'ai vu ça en apportant de l'eau à mes bêtes ce matin. Mon sang n'a fait qu'un tour, je suis reparti en sens inverse en tracteur pour descendre au commissariat. C'était pas malin, j'ai eu un mal de chien à me garer, mais j'étais tellement énervé que j'ai pas réfléchi. Par chance, je suis tombé sur Jérôme. Il est remonté direct avec sa brigade. Tu viens boire un coup avec nous ? On en est à la rubrique cambriolage et il y a du nouveau !

— Non, je suis à la bourre, Cathy m'attend, ai-je lancé encore plus mal à l'aise, les aisselles dégoulinantes.

— Alors, à la semaine prochaine, mon vieux !

Je me suis liquéfié.

Vivi a tourné les talons, je n'ai pas demandé mon reste, j'ai déguerpi à toute vitesse.

En voyant qu'il était bientôt onze heures à l'horloge de la voiture, j'ai compris que ça avait duré trop longtemps. Ma gorge s'est nouée, mon visage s'est enflammé, j'ai paniqué.

C'était la fille à ne pas toucher. Tout le monde la connaît. Faudra partir vite, loin d'ici, me faire oublier...

Si mon portable n'avait pas sonné, j'y serais peut-être encore à l'heure qu'il est. J'oublie tout dans ces moments-là. Je dois une fière chandelle à Vivi, mais il ne le saura pas.

Ma femme m'a promis d'être joignable tout le temps parce que je lui ai dit : « T'as un iPhone dernier cri, alors décroche toujours quoi qu'il arrive.

— Fais-moi confiance, ne sois pas parano, m'a-t-elle répondu en me caressant la joue. Je ne fais jamais rien dans ton dos. Qu'est-ce que tu vas t'imaginer ?

— Rien, rien du tout, j'ai peur pour toi, c'est tout. »

Je l'embrasse, on n'en parle plus et je l'emmène parfois dans notre lit où je lui interdis de gémir, à cause des enfants, pour qu'ils n'entendent rien parce que ce n'est pas de leur âge et que je n'ai pas envie qu'un film porno se greffe dans leur cerveau.

Et surtout parce que ça me rappelle ma mère et ses cris.

Elle n'avait pas son mot à dire, pas le droit d'être fatiguée, sinon le poing de mon père lui fracassait le nez. Le lendemain, j'allais tout seul à l'école, comme un grand. Pareil le jour suivant et autant de temps que nécessaire pour que la pommette de ma mère passe par toutes les couleurs de l'arc-en-ciel.

Comme j'arrivais sans ma mère et que les maîtresses avaient deviné pourquoi, je jouais au caïd et tapais les filles dans la cour en les traitant de putes. Pour ça, j'ai souvent eu droit aux gifles d'autres filles que j'ai juré de corriger quand je serais grand. Les maîtresses me mettaient au coin, sans plus, répétant que ce n'était pas bien, pas bien du tout, qu'il fallait s'excuser, regretter et ne plus recommencer. Je pleurais à chaudes larmes dans leur poitrine et elles me consolaient.

J'étais mignon, si mignon qu'elles craquaient. Si j'avais eu un maître, il m'aurait fallu encore plus d'adresse pour retomber sur mes pieds, mais ça ne m'est jamais arrivé.

Je roule à toute vitesse, dans un état second. Je croise un fourgon, j'attrape mon portable pour consulter la liste des appels en absence. Il n'y en a qu'un et c'est celui de Vivi. Il est désolé de me prévenir si tard, il se doute qu'il y a bien longtemps que je suis rentré chez moi, mais sa clôture a été défoncée pendant la nuit. Il est en route avec une patrouille de police.

Si j'avais décroché le téléphone quand j'étais avec la fille au lieu de me laisser impressionner, j'aurais choisi un autre chemin pour passer incognito. Là, j'ai dû prendre sur moi, me ridiculiser devant Vivi et tout ça à la barbe des flics.

Je n'ai jamais eu affaire à la police. Je respecte scrupuleusement le code de la route et ne bois jamais plus de deux verres avant de prendre le volant. Quand je dérape, je déménage. Je suis toujours impeccable, propre sur moi, irréprochable. C'est pour ça que la fille n'a pas détalé quand j'ai simulé un malaise.

Si on me pose des questions à son sujet, je dirai que je ne me sentais pas bien et qu'elle m'a secouru.

Si on insiste, je dirai avec un petit sourire en coin que j'ai eu un rendez-vous avec une jolie brune dans les bois…

Quand je me balade en forêt avec Clément et Justine, c'est pour ramasser des cèpes, des morilles ou des trompettes de la mort. Tout dépend de la saison.

Si la cueillette est bonne, on traîne en chemin. J'appelle ma femme, je la préviens de notre retard. Pas de reproche, elle en profite pour s'inviter chez la voisine.

Mes enfants adorent aller aux champignons. Ils ont chacun leur petit panier, moi j'en ai un grand. On est souvent seuls dans la forêt. J'ignore si la fille qui court y emmène les siens, mais je suis sûr qu'elle n'y retournera plus. Moi non plus.

J'espère qu'elle se taira. J'ai fait ce qu'il fallait pour ça.

Un jour, il y a longtemps, j'ai revu une fille que j'avais chopée une nuit, entre deux poubelles sur un parking, en rentrant du casino avec Vivi. Elle ne m'a pas reconnu. Ce soir-là, Vivi m'avait laissé repartir seul pour boire un dernier verre au bar. Ça m'avait mis de mauvaise humeur.

Je devais rentrer, j'étais père de famille. Pour compenser j'ai empoigné la première fille qui passait. J'avais une Audi noire à l'époque.

Une fois chez moi, j'ai sauté sur ma femme. L'autre m'avait tellement excité que mon corps était comme envoûté. Impossible ensuite de fermer l'œil de la nuit. J'ai fini par me lever pour grignoter ce qui restait dans le frigo, mais ça n'a rien changé. Même éveillé, le film a continué à tourner en boucle dans ma tête.

Maintenant, quand elle pense à moi, je suis sûr qu'elle m'imagine avec de grandes oreilles, de grands yeux et de grandes dents comme le grand méchant loup. Bien différent de ce que je suis en réalité.

Attirer les femmes n'a jamais été un problème. Autrefois, Christiane me répétait souvent sur le ton du regret : « Quel beau garçon vous faites. Ah ! si j'avais eu une fille, vous auriez été mon gendre et rien ne m'aurait fait plus plaisir ! »

Vivi fermait le chapitre en lui demandant d'arrêter de radoter, mais pour Christiane il n'y avait jamais eu d'autre enfant que son Vivien.

C'est peut-être pour ça qu'il est toujours célibataire, mais c'est son histoire et il n'en dit jamais rien.

De mon côté, des histoires, il y en a eu beaucoup. On parlait souvent de ma famille à l'école. La violence laissait des traces, trop de traces. La maîtresse n'osait même plus me punir, au cas où. Elle disait à mes parents que tout allait bien, que j'étais mignon et bien sage pendant que moi, je la faisais tourner en bourrique à longueur de journée. Ça m'a donné de la force, la force de me battre, *struggle for life*, *climb up the social ladder*, ou quelque chose dans le genre, que j'ai retenu des cours d'anglais parce que c'était ce que je voulais.

Une autre vie, ailleurs, loin de toute cette merde.

C'est derrière moi, à l'heure qu'il est. J'ai déménagé souvent, personne ne connaît mon passé. Mon père est mort, avant la naissance de mes enfants, c'est pour ça que j'ai pu les faire, je n'aurais jamais été tranquille sinon. Ma mère s'est barrée aussi, bien avant. Elle en avait pris assez sur la gueule. Ça m'a donné de la hargne pour m'en sortir. J'ai passé un BTS et je me suis retrouvé à la banque, au guichet, à l'entrée, grâce à mon sourire de jeune premier. Ma mère est partie sans savoir que j'avais eu mon bac. Elle a quitté père et fils en même temps sans dire où elle allait. Quand le téléphone sonne, j'espère encore entendre sa voix au bout du fil. Je suis sûr qu'elle ignore que mon père est mort, sans ça elle accourrait pour me prendre dans ses bras.

Au travail, j'ai appris à jouer au caméléon et cela m'a permis de gravir rapidement les échelons. Maintenant, j'ai un bureau à moi et les habitués connaissent mon nom. Ils ont même ma carte de visite. Je leur offre des calendriers et des agendas pour la nouvelle année. Les meilleurs clients ont droit, en plus des ristournes, à des conférenciers avec calculatrice intégrée. Quand un enfant accompagne sa maman, je lui donne un ballon, il va jouer dans le couloir et tout le monde est content.

Ma chef m'a proposé un poste à Grenoble pour devenir chef moi aussi. Je vais l'accepter cet après-midi.

Je n'ai pas une vie fatigante comme celle de Vivi, surtout depuis que Christiane n'est plus là pour l'aider. Il fait tout lui-même, y compris les courses et le ménage, sans jamais avoir l'air stressé pour autant. Il a des vaches à viande, deux taureaux, des poules, un coq et des chats sauvages. Il a aussi deux tracteurs, des remorques et tout le nécessaire pour faire les foins et transporter les bêtes. L'hiver, il déneige par-ci par-là avec sa pelle. Il est partout à la fois et trouve encore le temps de trinquer avec moi et tous ses potes du village. Tout le monde adore Vivi. Tout le monde le connaît par ici. C'est pour ça qu'ils vont tous débarquer les uns après les autres dans la journée pour l'aider à réparer sa clôture.

Moi, je vais plutôt me faire oublier.

Je me demande comment j'ai pu tenir avec la voiture de flics dans mon dos et Vivi se foutant de moi pour les champignons. J'étais mort de trouille, et l'autre d'en remettre une couche avec les cambriolages.

Je n'aimerais pas que cela m'arrive, qu'on touche à ce qui m'appartient, qu'on fourre son nez dans mes affaires, dans ma famille, qu'on prenne la tablette et la Wii de mes gosses. J'ai un contrat avec une agence de sécurité pour éviter ça. Ma maison est surveillée pour que femme et enfants dorment tranquilles. Faut dire que Cathy s'est pris un gros coup de flip quand elle a su qu'un taré avait trucidé une mamie à deux pas d'ici. On l'a pincé quelques heures plus tard sur l'autoroute. Il a des enfants dans la même école que les miens. On les regarde autrement aujourd'hui.

Un père violent, ça laisse des traces.

Il n'a pas été malin, tant pis pour lui. Il faut toujours se méfier et avoir l'air de rien. Moi, j'use de ma force de persuasion et j'ajoute toujours quelques menaces pour avoir le temps de me retourner.

Après, je rentre à la maison et j'oublie.

J'oublie un moment et puis le film se remet à défiler dans ma tête jusqu'à ce que je trouve une nouvelle fille.

Je résiste le plus longtemps possible. Je sais ce qui m'attend si j'en arrive là.

Si on m'arrête, je saurai me défendre. Ma bonne réputation me tiendra lieu d'immunité et je serai relâché. Ils auront beau m'interroger, voire me crier dessus pendant des heures, je connais mon scénario. Je partirai avec des excuses en leur reprochant de m'avoir accusé pour rien et d'avoir causé du tort à ma femme. Elle aura droit à une nouvelle alliance en diamants pour effacer tout ça de sa mémoire.

Vivi n'a pas d'alliance et pas de femme.

Quand je lui demande s'il n'a pas envie d'une copine, il rigole en froissant timidement le coin de ses lèvres. Ses yeux pétillent et il boit un petit coup.

Je lui dis qu'il existe une flopée de sites de rencontres sur Internet. Il lui suffirait de mettre sa photo et d'attendre que les femmes lui écrivent, mais Vivi se dévalorise et se moque de lui-même à cause de ses fautes d'orthographe et de son métier, peu attractif pour les dames. J'ai envie de lui expliquer que tout ça n'a pas d'importance, que c'est juste pour s'amuser et que les « dames » en question attendent de lui bien autre chose qu'un texte impeccable. Je pourrais me lâcher, mais je me retiens. Je ne peux pas lui déballer les plans torrides qui me viennent à l'esprit quand je pense aux femmes qui s'offrent sur la Toile.

Vivi coupe court, disant que sa mère n'aurait pas été contente qu'il choisisse sa bonne amie dans un catalogue.

Dix minutes après avoir quitté la ferme, je suis chez moi. Cathy m'attend sur le pas de la porte, étonnée de mon retard. Je lui explique pour la clôture défoncée de Vivi, les flics, les champignons.

— Ralentis, me dit-elle, tu parles trop vite, je n'y comprends rien.

Elle a soigneusement lavé les champignons ramassés mercredi après-midi avec les enfants. Les œufs sont fouettés dans un bol, le persil haché menu dans une tasse et l'eau bouillante n'attend plus que les tagliatelles. Elle prépare une omelette aux cèpes, l'un de mes repas préférés.

Elle se dépêche pour que j'arrive à l'heure au travail. Une fois à table, elle me harcèle de questions sur Vivi et sa clôture. Mes mains tremblent, j'ai du mal à respirer et à garder mon calme. Cathy, persuadée que j'ai peur pour elle, tente de me rassurer.

— Ne t'en fais pas mon chéri, on a une alarme. Ne va pas commencer à t'inquiéter, on est en sécurité ici, rien ne peut nous arriver.

Silence. Blanc. Impression de vide, total.

Cathy décide de ne pas parler de tout ça devant les enfants, car si Justine est au courant, elle va faire des bonds sur le fauteuil.

Je continue à me taire. Je me sens tellement mal que je pourrais avouer ce que j'ai fait.

Pour que mes enfants soient heureux, je leur consacre le plus de temps possible. Le samedi, c'est toujours moi qui m'en occupe. Quand il n'y a pas de champignons, on va à la patinoire, au bowling ou au cinéma. Ma femme nous accompagne parfois, mais elle en profite le plus souvent pour papoter avec la voisine qui l'invite à prendre le thé.

Vivi n'aura pas d'enfant non plus.

Un jour, dans un élan de nostalgie, il m'a confié que sa mère s'éclipsait parfois le mercredi après-midi pour rendre visite à un ami… Tu parles, quelle dupe ce Vivi ! Vers quinze heures, elle ôtait ses bottes, son tablier et ses gants, déposait le tout à l'entrée, enfilait sa veste et ses souliers avant de laisser son jardin de côté, et son fils par la même occasion. Si Vivi était encore au café avec un pote, elle sortait en disant : « Prenez des petits gâteaux, faites-vous plaisir, à tout à l'heure. » Puis elle disparaissait, une boîte en fer sous le bras, pour s'occuper discrètement des petits-enfants d'une autre.

Vivi ne semble pas malheureux. Il ne se culpabilise pas non plus. Il passe sa vie à répéter que chaque chose est à sa place.

S'il savait…

Aux yeux de certains, ma place serait justement derrière les barreaux, à perpétuité, exilé sur une île avec d'autres spécimens dans mon genre, mais il ne faut pas tout mélanger. Je ne m'en prends pas aux mamies endormies dans leur lit. Je me lâche sur la première fille qui passe quand je suis contrarié, c'est tout.

Cette fois, c'est la dernière. Je crois que j'ai épuisé mon quota chance et il faut que je me retire comme le sniper qui témoignait à visage couvert l'autre soir à la télé. À trente-sept ans, il a raccroché. Sa femme l'a exigé parce que deux de ses meilleurs potes venaient d'y rester. Il s'est dit : « C'est maintenant ou jamais, j'ai déjà assez joué avec le feu, faut pas tenter le diable, j'ai une famille à assumer. » C'est la voix de la raison qui a parlé.

Moi, quand le film se remet à défiler dans ma tête, je ne contrôle plus rien. C'est peut-être à cause des vidéos que mon père cachait sous son lit et que je regardais en douce le mercredi après-midi. Souvent, la nuit, quand j'étais petit, les cris de maman et les « Ta gueule, tu la fermes » de papa me réveillaient. Le sommeil me quittait et je revoyais l'intégralité de la vidéo glissée sous le lit de mon père qui gémissait, grognait puis jurait sur ma mère comme dans le film.

Je pourrais encore regarder tout ça sur Internet, mais ça laisserait des traces. C'est même bien inutile parce que ce que j'ai vu petit est resté gravé dans ma tête. Un moment de vide et le scénario redéfile aussitôt.

Quand il finit par me rendre fou, je fredonne un bout de chanson pour revenir à la raison, mais ça ne marche pas toujours.

Dans la forêt, en plus de leur panier, les enfants ont déjà leur petit Opinel, pour couper les champignons comme il se doit. On se lance des blagues et on chante souvent. C'est toujours Justine qui commence : « Promenons-nous dans les bois…

— BOUH ! » hurle Clément pour conclure la chanson en écarquillant les yeux, les bras en l'air.

Justine sursaute, se fige, puis éclate de rire avant de repartir, son petit panier suspendu à son avant-bras.

Alors, doucement, au creux de son oreille, je lui dis : « Tu sais, ma douce, que dans les bois, c'est avec papa qu'on y va, sinon le loup te mangera !

— BOUH ! » hurle à nouveau Clément ouvrant grand la bouche pour découvrir ses longues dents.

Justine rigole de plus belle et on avance, comme ça, tous les trois. On pénètre au plus profond de la forêt, un panier à la main et des rêves plein la tête.

Laurence

Je suis tapie, bien cachée, à l'abri des regards, en sécurité.

J'entends la petite voix inquiète de Julie me répéter : « Promets-moi d'arrêter de courir toute seule dans les bois. Je t'en prie, maman, promets-le-moi.

— Ne t'inquiète pas, ma chérie. Ne t'inquiète pas pour moi. »

Je croyais la rassurer avec un joli sourire et un petit baiser parce que je m'imaginais protégée dans mes prés, dans ma forêt.

Me voilà pourtant recroquevillée derrière un arbre, sur une butte jonchée de fourrés, face à l'unique ferme habitée près de laquelle une voiture de police est garée, étrangement.

Ma disparition aurait-elle déjà été signalée ? Il me suffirait de dévaler le talus, de courir à toute allure et d'entrer sans frapper pour être sauvée, mais je n'ai ni force ni voix pour faire tout ça.

Le souffle me manque, peur qu'il ne change d'avis et ne rebrousse chemin.

Tout se mélange dans ma tête, tout va et vient.

Je lève les yeux au ciel et ne vois plus que son visage. Son visage et le petit manège qu'il m'a joué pour m'attirer vers lui.

Je le croyais en danger, j'ai voulu l'aider, mais très vite ça a mal tourné.

Il s'est moqué de moi, je me suis reculée.

C'est à partir de là que tout a commencé.

Même à l'abri, mon corps est traversé d'épines.

Pourquoi m'a-t-il relâchée après tout ça ?

Je n'ai rien dit, je suis restée inerte. Il m'a laissée partir en me menaçant pour que je tremble à perpétuité. Sans ce coup de fil, j'ignore ce qu'il m'aurait fait de plus.

Je ne sais pas, je ne sais plus…

Et s'il connaissait mon nom ?

Impossible de bouger. Impossible de traverser les prés pour rentrer chez moi.

Roulée en boule, je tremble sans pouvoir contrôler mes nerfs. Je me cale contre l'arbre, j'attends. Mes idées se bousculent et se mélangent. Rien ne sera plus jamais comme avant. Surtout si je parle. Les regards posés sur moi seront différents. On m'évitera, on baissera les yeux, on chuchotera dans mon dos. On me rendra même coupable à sa place.

La scène défile à nouveau dans ma tête, dans l'ordre exact. Tout, j'entends tout et pourtant…

« Suce-moi, il me dit. Suce-moi. »

Mes yeux clos sur ses poils drus.

À genoux, je ne vois plus rien, rien qu'un carré noir de vide.

Il parle, il parle, je ravale ma salive.

Sa vulgarité me pétrifie. Je ne peux ni serrer les lèvres, ni faire ce qu'il exige. Tout en moi se ferme, se fige.

Souvent, je me suis imaginé cette scène, parce que je cours seule dans les bois. On dit qu'il ne faut pas faire ça, mais je voulais vivre, respirer.

Qui me le reprocherait ?

Souvent donc, forcément, je me suis imaginée nez à nez avec un détraqué. Je me disais : *Je crierai, je mordrai, je tuerai.*

Mais rien.

La peur, intégrale. Peur de ne jamais revoir mes enfants et mon mari. Peur de mourir aussi.

Des images, encore…

Je résiste comme je peux. Ma langue se refuse, c'est un bout de bois desséché. Mon nez se bouche à mesure qu'il jure et me traite de tous les noms.

« Vas-y ! Plus fort, enfonce ! »

Je me décompose, mes yeux aveugles, ma bouche anesthésiée.

Au plus près de la jouissance, il recule de deux pas. Mes genoux raclent le sol tapissé de feuilles mortes, de brindilles et de racines. Vidée, je manque de m'affaler, mais il me tient et cale ma tête contre un tronc d'arbre.

Toutes mes pensées se concentrent sur ma respiration. Je suffoque de peur qu'il ne m'étouffe. Tout devient flou…

Je perds pied, en plein cauchemar.

Je suis tapie, bien cachée, à l'abri des regards, en sécurité, mais le souvenir ne veut pas s'arrêter.

Il a joui. J'ai tout recraché par terre, alors il m'a giflée.

Je sens encore sa main entailler ma joue comme la lame d'un couteau. Je me raccroche à l'arbre qui m'abrite, mais le film n'est pas terminé. C'est sa voix que j'entends en premier.

« Tu la fermes. T'as compris ! On va continuer à s'amuser ! »

Une autre gifle s'abat sur une autre joue qui n'est plus la mienne parce que je ne sens plus rien.

Je m'agite, je panique, je reviens à la réalité. Mes ongles s'agrippent au tronc de l'arbre. La voiture de police est toujours là. Il me suffirait de traverser la route. Je n'y arrive pas.

Je l'entends encore comme s'il était toujours là, face à moi.

« T'as pigé ? »

Il insiste, mes cheveux dans sa main, ses yeux pour la première fois dans le vide des miens.

Impossible de répondre. Aucun son ne sort de ma bouche figée, encore tapissée de son sperme.

Il s'énerve, veut une réponse, trépigne. Des gouttes de sueur perlent sur son front. Ses mains sont moites. Il s'impatiente, attend que je me débatte, mais je reste là, à genoux, sans voix et sans un regard, détruisant son plaisir. Désarçonné, il se met à tourner en rond.

Rien dans ma poche, pas de couteau, et encore l'aurait-il retourné contre moi. Portable inaccessible, inutile, ne reste que l'attente.

Il continue à me tourner autour sans rien dire. Plus loin, une canette de bière écrasée gît au sol à proximité de son monospace gris métallisé.

Il a des enfants. On a forcément des enfants avec un véhicule pareil. Je pourrais lui promettre de me taire parce que j'ai deux filles à protéger moi aussi.

« T'as des enfants, hein ? » demande-t-il, lèvres pincées, comme s'il lisait dans mes pensées.

La réponse que je ne peux formuler ne l'intéresse pas. Il a une idée et n'en démord pas.

Il jette un œil à sa montre. Ses mains s'agitent, il hésite.

« T'as des enfants, affirme-t-il, alors laisse-toi faire et continue à la boucler ! »

Le cauchemar reprend.

Il m'agrippe par l'épaule, me jette à terre et s'affale sur moi. Mes yeux se perdent dans le vide, dans le ciel que je ne vois pas.

Il me déchire les cuisses, me déboîte la hanche.

Je suis douleur, je suis souffrance, mon corps hurle en silence.

D'instinct, je me débats.

« Arrête de bouger comme ça, salope ! Tu le fais exprès ! »

Tout en moi lutte et refuse.

Il grogne, palpe mes seins d'une main furieuse, remonte l'autre jusqu'à mon cou, serrant petit à petit.

L'air se raréfie.

Il s'acharne, enfile des paroles obscènes. Entre ses mains, sous le poids de son corps, je suis la salope, la garce et plus encore. Parce que je ne fais pas comme il veut, comme il aurait voulu, comme il imagine une pute entre ses doigts.

Plus je me débats, plus il pèse sur moi de tout son poids.

Je compte de un à dix et recommence en boucle. Je compte pour garder contact avec la réalité.

Le silence s'impose et m'emporte au loin, mais un léger tintement répétitif le ponctue, un son qui s'amplifie et se rapproche de plus en plus. Un son extérieur à moi, sorti de sa poche à lui.

C'est la sonnerie de son téléphone.

Il se redresse, brusquement, hagard.

J'en profite pour me dégager. Il n'a pas eu le temps de terminer.

La sonnerie continue à retentir. Il est perdu.

Il ne me voit plus, laisse sonner, aux aguets.

Toujours au sol, je me rhabille en toute hâte, maladroite. Il relève son pantalon, bondit sur moi et saisit une dernière fois mes cheveux.

« Écoute-moi bien ! Si tu dis un mot de ce qui s'est passé ici, où que tu sois, je te retrouverai et je tuerai tes enfants sous ton nez. T'as compris ? »

Mes yeux sont dans les siens, au plus près. Lèvres serrées, gorge nouée, étranglée, ne reste que ma tête pour opiner.

Il me pousse en arrière, mon corps s'avachit contre le tronc de l'arbre.

À reculons, il regagne sa voiture, s'installe à la hâte et démarre aussitôt. Sa vitre se baisse, ses yeux brillent. Au volant, il glisse son pouce à l'horizontale le long de sa gorge pour continuer à m'intimider.

« T'as bien compris ce que je t'ai dit ? » grogne-t-il avant de s'en aller.

Je ne réponds rien. Je tremble, c'est tout.

Quand le monospace disparaît, la panique redouble. S'il revient, s'il change d'avis et me tue de peur que je ne le dénonce ?

Je me lève, lentement, péniblement, un muscle après l'autre, comme une poupée désarticulée. L'arbre m'empêche de tomber.

Malgré la douleur, je me remets à courir. Je traverse le chemin, trébuche, le souffle court, et quitte la forêt, les yeux partout. À la force de mes mains, je remonte le talus, m'agrippant aux branches pour en atteindre le sommet et me cacher entre les arbustes.

La ferme n'est pas loin.

Demander de l'aide ? Je frissonne de plus belle.

Je veux qu'on me protège. Je veux rester seule. Je tremble qu'on s'approche de moi, qu'un homme s'approche de moi…

Tant bien que mal, je progresse sur les hauteurs.

Un coup d'œil à la ferme.

Il est là.

Ma peau est douleur, transpercée.

Il est là, son moteur tourne.

Je l'ai déjà vu ici, au même endroit, garé devant cette ferme, tous les vendredis matin. Oui, je l'ai vu, chaque semaine, l'air de rien, en passant.

J'avance avec précaution.

Je veux savoir, j'ai peur, mais je veux savoir.

Qui ? Qui m'a massacrée ?

En surplomb de la ferme, je me cache. Je veux savoir sans me montrer, rester protégée pour reprendre ma respiration. Sur la route, le monospace est toujours à l'arrêt, mais son moteur continue de tourner.

Mon corps se glace, je ne respire plus, j'observe.

Vivien, le propriétaire de la ferme, sort de la maison et vient discuter avec lui comme si de rien n'était.

Les deux hommes se connaissent, je ne me suis pas trompée.

Je pourrai retrouver celui qui m'a agressée.

La voiture démarre en trombe. Il rentre chez lui et retourne à sa vie pendant que je suis tapie comme une petite souris, tremblante et gelée, le souffle coupé. Impuissante.

Un long silence s'installe, un silence qui pourtant n'est pas absolu. La nature a son langage, ses bruits ininterrompus. Mon corps aphone perçoit chaque son comme amplifié.

Silence trop bref pour récupérer, un moteur se fait entendre. Ma tête s'emballe, le tronc contre lequel je m'appuie s'amollit, ses branches deviennent des bras – *ses bras* –, ses brindilles deviennent des doigts – *ses doigts* – pour me prendre à la gorge. Tout se déforme à mesure que le véhicule se rapproche.

Et s'il revenait sur sa décision ?

Le bruit devient visible, ma respiration se bloque. À la place du monospace gris, je vois s'approcher un fourgon.

Il passe devant la ferme, mais ne s'y arrête pas.

C'est mon mari. Au volant, c'est Edmond. Il a dû croiser la voiture grise sans se douter de rien. Tout en moi s'affole. La peur est décuplée. Je pourrais descendre de cette butte, me poster sur la route et lui faire signe, mais je reste tétanisée.

Plus un son dans mes écouteurs, je m'aperçois qu'ils ont disparu. La musique s'est évanouie, le bruit du moteur s'est dissipé lui aussi, engouffré dans la forêt.

Perdue en moi-même, je ne prête pas attention au ronronnement du fourgon qui a rebroussé chemin pour se garer devant la ferme. Mon mari sort du véhicule, frappe à l'entrée. Un jeune homme en uniforme lui ouvre la porte.

D'ici, je n'entends pas ce qu'ils se disent, mais je vois clairement mon mari gesticuler.

Le policier s'avance, calme et posé, aussitôt rejoint par deux collègues.

Edmond insiste, les deux agents se lancent des œillades complices pendant que leur chef observe avec la froideur habituelle des policiers en service pour qui chaque individu est un éventuel suspect.

Mon mari s'énerve, hausse le ton jusqu'à ce que Vivi fasse son apparition. La conversation reprend. Ils doivent parler de moi et se demander où je suis pendant que je les regarde. La situation est intenable, mais la peur m'empêche d'agir. Peur qu'il s'en prenne à mes filles.

Je lutte, le souffle court, les mains trempées de sueur. Je me fais violence pour sortir de l'ombre. Je veux savoir s'ils s'interrogent à mon sujet. Je veux rassurer mon mari. Je veux me protéger aussi.

Alors je me redresse comme un corps enseveli revient par miracle à la vie.

Chaque pas est un défi.

Les hommes continuent à discuter sans me voir. Les arbustes me cachent encore. Ils m'entendent cependant, s'étonnent, cherchent à identifier la provenance du bruissement.

Ils jettent un œil dans ma direction et se mettent à rire. Tous, sauf Edmond. Le fermier s'avance d'un bon pas. Il veut découvrir ce qui se cache derrière cet étrange bruit-là.

Je me laisse glisser dans les fourrés, accroupie pour ne pas tomber.

À la manière d'un automate, j'avance. Seule l'intention de rassurer mon mari me guide, même s'il commence à m'effrayer lui aussi.

Une fois en bas, je me redresse petit à petit pour sortir des buissons et me camper sur le bord de la route comme un corps nu qui se donne au supplice.

Tous les regards se tournent vers moi.

Personne ne bouge à l'exception d'Edmond qui se précipite en criant mon prénom.

Mes mains couvrent mes yeux, instinctivement. Il s'arrête aussitôt.

Il pourrait m'assommer de questions, me secouer, me demander ce que je fais là, dans les fourrés comme une bête égarée.

Impossible de le regarder en face, impossible de se toucher.

Les deux agents trépignent tandis que leur chef exige qu'on me laisse tranquille. Sans se presser, il vient vers moi, vers nous. Sa jeunesse ne me rassure pas et je garde encore les dents serrées.

Je sais qu'il me faudra parler, dire, raconter, me justifier.

Il semble le savoir aussi, lui qui nous propose de nous accompagner pour déposer plainte. Il constate l'état de choc, garde ses distances, n'affirme rien, mais laisse la porte ouverte. Il sait combien c'est difficile de raconter tout ça.

Mon mari me prend dans ses bras, je reconnais son étreinte et me laisse faire. Il me serre de toutes ses forces tandis que mes mains font à nouveau rempart entre mon visage et sa poitrine.

Je tremble, j'ai froid, mon corps n'est plus qu'une ombre.

— Viens, me dit-il. Allons au commissariat.

— Emmène-moi plutôt à Valparaíso.

Edmond

Je ne savais pas quoi répondre, je ne pouvais pas refuser. Alors je l'ai serrée un peu plus fort dans mes bras. Elle était froide comme la glace, presque de marbre, mais tremblante.

Le flic me regardait, sûr de lui dans son uniforme. J'ai remarqué qu'il était armé. Ses deux acolytes sont restés en retrait.

Au bout d'un moment qui m'a paru une éternité, il s'est approché de nous, de Laurence surtout. Il n'a pas avancé la main vers elle. Il lui a simplement répété quelques mots d'une voix posée.

— Il est temps de me suivre, madame. Votre mari va vous accompagner, une enquête judiciaire va être lancée, vous êtes en sécurité.

Ma femme a relevé la tête pour le fixer droit dans les yeux. Un regard blanc que je ne lui avais jamais connu.

Je l'ai vue se redresser soudain, ravaler sa salive, contenir sa peur et l'enfermer dans une boîte qu'elle allait mettre de côté, avant de lui régler son compte plus tard.

— Il faudra faire vite, c'est ce qu'elle a dit d'une drôle de voix qui n'était pas la sienne. J'ai mes filles à récupérer.

D'un geste, le policier l'a invitée à s'installer dans la voiture. Il lui a apporté une couverture avant de fermer la porte.

Laurence a refusé de se trouver à côté du flic, je me suis assis au centre de la banquette avant de lui prendre la main.

Elle pleurait sans larmes et je n'y pouvais rien.

J'ai senti, à ce moment-là, que l'impuissance qui m'avait paralysé jusqu'à maintenant n'était rien face à celle-là, rien que des obstacles naturels pour forger mon caractère, mais là, face à ma femme sans mots, surgissant des buissons, les vêtements en lambeaux, le vertige était sans appel. Je savais et c'était un peu ma vie qui s'effritait à travers elle.

Elle a sursauté quand la sonnerie d'un téléphone portable a retenti. Le jeune flic a décroché, Laurence s'est serrée contre ma poitrine, pour ne rien entendre, sans doute. Je sentais dans mes bras un corps, tétanisé, mais ma Laurence n'y était pas, son âme était partie.

Je ne pouvais rien lui dire dans cet espace confiné de la voiture de police, tout juste lui effleurer les cheveux, mais ils étaient comme électriques et je devinais le combat qu'elle se livrait pour me laisser la toucher malgré ce qu'on lui avait fait.

J'ai oublié l'arrivée au commissariat, le policier nous a confiés à ses collègues terrés dans un bureau gris. Il est resté avec nous. Un bloc de silence suspendu, comme moi, au regard de Laurence qui baissait les yeux. Ils ont apporté une autre couverture avant de commencer l'interrogatoire. Ils voulaient prendre sa déposition et la mienne aussi, dans un second temps, j'étais sur les lieux…

Il y a eu un autre silence. Je ne m'attendais pas à être mêlé à l'affaire, Laurence non plus, elle a tressailli, de peur encore, pour moi, cette fois. Une fois de trop.

— Ne t'inquiète pas. On va y arriver, lui ai-je dit, pour la calmer.

À tour de rôle, une femme et un homme ont pris la parole, l'homme tapait à l'ordinateur sur un bureau débordant de paperasse, la femme, assise près de lui, se tenait droite, les mains croisées, face à Laurence. Le jeune policier est resté debout, comme un témoin invité.

Ils nous ont exposé la procédure, une litanie affolante de tout ce que notre vie allait devenir. Laurence était étrange, son visage surtout, ses lèvres en particulier. J'ai mis trop de temps à comprendre qu'elle ne pouvait plus parler, ses yeux étaient devenus fous, repliés dans un combat intérieur qui n'était pas le mien.

On aurait dit que les policiers avaient l'habitude. Ils ont attendu un peu, pas longtemps finalement, quelques minutes peut-être. On ne me demandait rien et j'en étais soulagé, qu'aurais-je dit sans hurler ?

Elle a commencé par s'excuser. Elle a juste dit ça.

— Excusez-moi.

Comme si elle était coupable.

Je me suis levé, d'un coup. Ils m'ont fait signe de me rasseoir, le jeune flic m'a fait taire d'un regard, je me suis mis à bouillir, mon pied à battre la mesure dans un silence inquiétant.

— Je suis désolée, a-t-elle répété, pour moi seul.

Les larmes me sont montées aux yeux, un raz-de-marée, incontrôlable, ou un geyser de toutes les larmes que je n'avais jamais versées.

Elle m'a pris la main, m'a même caressé la joue devant tous ces inconnus au service de la Justice.

Et puis elle a parlé.

Chaque mot était pesé, articulé d'une voix blanche, que je n'avais jamais entendue. Elle a dit, petit à petit et sans appel. Elle a dit qu'elle était infirmière dans un hôpital et qu'elle avait deux filles qui attendaient leur *maman*, pas un soupçon de femme piétinée par un taré. Elle a dit ces mots-là, ils ont écrit. Elle a dit qu'elle savait ce qui l'attendait, elle et surtout sa famille. Le conflit, le désastre, les années à se battre pour rien. Elle a dit, elle savait. Elle a vu, elle, souvent, les femmes violées (elle a dit le mot exactement), retournées par les médecins, shootées par les trithérapies (car on ne sait jamais, la peine ne s'arrête pas au viol quel qu'il soit), interrogées par les psys tous différents et qui ne disent pas la même chose. Elle a vu les filles en dépression, après, quand la peur avait envahi leur âme au point qu'elles ne pouvaient plus s'approcher de personne. Elle a vu, elle sait, pas la peine de lui expliquer. Alors ici, c'est elle qui va décider et inutile de discuter. Ce sera comme elle dira. Le policier a tout tapé à l'ordinateur, à la lettre près, je crois. Elle le regardait droit dans les yeux, pas comme elle pouvait regarder d'habitude.

Un temps s'est écoulé. Elle a repris :

— Pour l'examen, je m'y soumets, gardez les preuves, pour moi elles sont flagrantes et n'allez pas chercher à me faire dire tout et son contraire. C'est un viol et mon corps en porte assez de traces pour que je n'aie pas à le raconter dans les détails. Pour l'hospitalisation, ce sera lundi. Je connais le traitement, mais il est hors de question que mes filles s'affolent. Il y aura une quiche lorraine sur la table ce soir, pour Julie, et mon Annie regardera *Plus belle la vie* pendant que je ferai la vaisselle.

Là, le policier au clavier de l'ordinateur a tenté d'intervenir. Pour expliquer que le protocole...

— Je m'en fous.

Elle ne s'exprimait jamais avec ces mots-là, pas Laurence, pas ma femme.

— Je ne porterai pas plainte.

Là, de nouveau, je me suis retrouvé debout d'un coup.

— Je pense à nous, pardon. Je pense à nous d'abord. Je sais ce qui va arriver, j'ai déjà vu ça, souvent, à l'hôpital.

— Chaque cas est unique. Nous étions là, nous avons vu.

— Vous avez vu le monospace gris ?

— Le monospace gris ? La voiture de Claude, vous voulez dire ?

— C'est lui.

Le jeune flic est resté sans voix et ses collègues se sont regardés.

Quand j'ai réalisé que j'avais moi aussi croisé ce véhicule qui roulait trop vite pour que je puisse l'arrêter, ma colère s'est décuplée.

— Pas besoin de chercher le coupable, il est tout trouvé et tout le monde le connaît chez nous. J'espère que vous comptez l'arrêter vite fait !

Laurence ne l'entendait pas ainsi. Elle s'est redressée et m'a regardé droit dans les yeux.

— Écoute-moi bien. Je connais ces affaires-là, je suis une femme, on les connaît toutes, mais on n'y pense pas tous les jours. Il y a des sujets plus drôles. Je n'ai pas de temps à perdre. Pour ce qu'il m'a fait, il ira peut-être deux ou trois ans en prison, il nous devra sans doute un peu d'argent que je jetterai au feu. Il a des enfants, une femme, des amis, ils nieront ce qui m'est arrivé, ils le défendront et je passerai pour une salope.

La policière a bondi de sa chaise, elle la voyait venir, elle savait certainement qu'elle n'avait pas tort, mais les mots étaient trop forts.

— J'ai vu, je sais, je suis infirmière, a repris Laurence. Il s'en raconte des histoires sur les lits en pleurs. Ma décision est prise, inutile de discuter. On garde les preuves, au cas où il récidiverait, on m'applique le traitement et on passe à autre chose.

Ils ont tenté de la raisonner, de la culpabiliser aussi. Elle avait raison de dire que le rouleau compresseur de la machine judiciaire la presserait comme un citron pour lui faire dire et redire tout et son contraire. Elle laissait un violeur en liberté, il recommencerait, peut-être même sur des enfants... C'était presque sa faute maintenant, mais elle est restée sur ses positions, refusant catégoriquement de voir le psy de l'hôpital.

— Non merci, celui-là je le connais et je vais m'en passer.

La policière l'a mise en garde.

— Vous êtes infirmière, vous savez que c'est très difficile après, vous allez...

— J'ai mon mari, tout va bien pour moi, l'a-t-elle coupée.

Je me suis redressé.

Un taxi nous a emmenés à l'hôpital. Laurence devait y subir des examens le plus rapidement possible, j'en ai profité pour fumer quelques cigarettes avant d'aller prévenir une infirmière du service de Charles que ma femme ne rendrait pas visite à son père ce matin-là. Je ne me sentais pas encore le courage d'annoncer à mon beau-père ce qui était arrivé. Pas avant d'avoir parlé à Laurence.

Elle ne m'a rien dit du rendez-vous médical, le taxi nous attendait à la sortie du parking.

On est montés derrière tous les deux. Il a démarré, mon téléphone a sonné. Laurence a sursauté. C'était Thérèse et je n'ai pas décroché, mais j'ai prié pour qu'elle ne nous attende pas devant la porte dans ses vieilles savates et son vieux tablier.

Impossible pour Laurence de tenir en place, elle regardait partout, les yeux collés à la vitre. Au moment de sortir du taxi, elle était lessivée, la couverture en vrac, mais pas de voisine au portail.

Je suis allé ouvrir la porte avant de prendre ma femme dans mes bras pour la porter à l'intérieur comme une poupée désarticulée, la tête en arrière, les cheveux plus longs que d'habitude.

J'étais seul, avec elle. Elle ne pleurait pas, les larmes coulaient. Je l'ai étendue sur notre lit. Je n'osais pas la toucher. Elle a réclamé une couverture et puis s'est endormie.

Je suis allé à la cuisine, j'ai bu un whisky cul sec dans un verre à eau. J'avais des clopes aussi, je les ai fumées sans compter en attendant qu'elle se réveille.

J'ai pris le téléphone pour appeler Charles.

C'est moi qui ai parlé, comme je pouvais, à ma façon.

Et puis j'ai entendu l'eau couler. Laurence s'était levée.

Que faire ? J'avais déjà raccroché, mais j'étais gêné, gêné de me pointer dans la salle de bains et de l'approcher de trop près maintenant qu'elle ne m'appartenait plus.

La honte a enflammé mon visage, une honte mauvaise de me sentir soudain bafoué, pris au piège, dépouillé de ma femme, comme si elle était ma propriété, parce que moi seul pouvais lui faire l'amour et prétendre la posséder. Comme si on me la prenait, en souillant ses lèvres, en souillant son corps…

Mon cœur s'est mis à hurler, fou de rage, à cause de l'eau qui coulait.

Laurence était assise dans la baignoire, elle se mettait du savon dans la bouche avec les doigts, laissait couler le filet d'eau entre ses lèvres et recrachait tout. Elle ne me voyait pas. L'eau coulait dans la baignoire, elle n'avait pas mis le bouchon, ses jambes blanches tremblaient, rien ne comptait que sa bouche qu'elle rinçait et rinçait encore en pleurant.

J'étais démoli à la regarder répéter ce même geste. Elle a pris le shampooing, en a renversé une paume pleine et ses cheveux se sont transformés en mousse. Elle gémissait, parlait entre ses dents, pleurait aussi, la douche emportant le savon dans le siphon. Je l'ai vue recommencer, le shampooing vidé dans la paume de sa main, les cheveux bulles, la voix un peu plus forte. Elle répétait son nom. Je m'appelle Laurence Vasseur, le shampooing pour la troisième fois dans le creux de la main, je m'appelle Laurence Vasseur, et ainsi de suite jusqu'à ce que la bouteille soit vide et qu'elle empoigne le savon pour se récurer les jambes et le sexe et les jambes et le sexe et je m'appelle Laurence Vasseur et le sexe et les jambes. Je m'appelle Laurence Vasseur et je suis infirmière et je me lève et je prends de l'eau toute propre pour qu'elle me lave tout entière et je parle et je crie et je hurle je m'appelle Laurence Vasseur et je suis infirmière et je suis toute propre et je reprends du shampooing même s'il n'y en a plus pour bien laver mes cheveux et aller voir mon père à l'hôpital.

Moi, je pleurais contre la porte. Je la regardais faire, chaque rasade d'eau avait emporté chaque particule de la présence de l'homme qui l'avait violée, mais nous savions qu'il faudrait plus que de l'eau et du savon pour en venir à bout.

Ce n'était rien de plus qu'un baptême, l'entrée de ceux qui font leur premier pas dans le royaume de Dieu, espérant un jour être sauvés. C'est ce que ma mère aurait dit en pareilles circonstances. « Dieu n'inflige que des épreuves que nous avons la force de surmonter et qui nous rendent meilleurs pour le rejoindre. » J'aurais voulu, pour une fois, me raccrocher à ces croyances, fantômes de mon enfance baignée de prières maternelles à la Vierge, mais je me sentais seul pour ça aussi. Je ne croyais plus en rien, sauf en ma femme.

Elle est sortie de la baignoire. Je lui ai apporté une serviette, elle s'y est enroulée avant de s'abandonner dans mes bras.

J'ai soulevé son menton, ses yeux pleuraient encore, les miens aussi. Je l'ai embrassée sur les lèvres, de toutes mes lèvres hésitantes. Elle n'a pas reculé.

Quelque temps plus tard, elle m'a dit qu'elle était pressée d'effacer et de tout remettre en place. Mes baisers faisaient partie de sa reconstruction, de la remise en ordre des éléments essentiels de sa vie, mais j'étais certain qu'elle se faisait violence pour ça aussi.

Elle s'est habillée, a séché et lissé ses cheveux, s'est maquillée en plus. Impossible pour moi de m'éloigner de la porte et de la lâcher des yeux. Elle me laissait faire, pour me rassurer, elle savait que j'avais peur pour elle.

Il m'est venu à l'idée de vider toute l'armoire à pharmacie, les couteaux, les cutters et tout ce micmac dangereux, mais je voulais lui faire confiance, croire que notre amour était plus fort, et nos filles surtout.

On aurait dit que le temps s'était arrêté autour de nous. Plus d'heure.

Plus rien.

Et pourtant.

Elle est allée à la cuisine, a pris un Coca dans le frigo. Elle n'en buvait jamais, mais celui-là elle l'a descendu d'une traite, à même la canette. Puis elle a sorti de la farine et des œufs avant de mettre une casserole sur le feu.

J'ai avalé un whisky, elle a tenté de me sourire. Les mots ne venaient pas. Ils n'étaient jamais venus, mais là, je sentais que c'était à moi de faire un effort. Pour l'aider. Il fallait parler, elle me l'avait assez répété pour Julie.

Dire, parler, soigner, guérir et continuer.

— Ça va aller ?

C'était plat, ce n'était rien, pas bien malin comme question. Ça montrait surtout, une fois encore, que j'avais peur, pour moi, d'abord.

Elle s'est forcée à réagir.

Elle n'avait plus de mots pour les sentiments, comme au commissariat. Elle a terminé la quiche avant de dresser la liste des décisions à prendre pour tenir le cap. Comme les policiers, j'ai dû m'incliner, elle ne me laissait plus le choix.

Elle décidait.

Les filles. Elle irait les chercher comme si de rien n'était. Ce week-end, on ferait semblant, on les emmènerait se promener (pas dans la forêt), on ferait des crêpes, on regarderait la télé… On ferait tout comme d'habitude et dimanche soir, on leur expliquerait que maman irait travailler plusieurs jours d'affilée sans rentrer, mais que papa serait là, lui.

Elle avait déjà tout prévu, tout calculé en l'espace de quelques heures d'un cauchemar qui nous paraissait déjà presque irréel.

Drôle de vie. Soudain, tout explose, tout et pourtant, quand je nous regardais, là, ensemble dans la cuisine, rien n'avait changé. Laurence était toute pareille et moi aussi, mais dans la tête… dans le cœur, que restait-il de nous ?

Elle a enfourné la quiche, la minuterie lui a échappé des mains.

J'ai plongé pour la ramasser, elle s'est mise à pleurer.

Pour rien, en somme.

C'est là que j'ai compris que les émotions de ma femme étaient tombées malades. Mais je n'étais pas médecin moi, pas même infirmier, pas même diplômé, juste Edmond, un maçon, un mari, un mec de rien qui courait encore après Laurence, qui courrait toujours.

Je n'étais rien, mais j'avais des bras, une bonne paire de bras pour la soulever et la consoler de cette étreinte d'acier qui ravale les murs effondrés.

Bien sûr, je pensais encore à moi, d'abord, malgré mes filles, malgré sa douleur. Bien sûr, je savais, elle avait dit, un peu, aux policiers, je voyais, j'entendais surtout. Elle avait répété les mots, les menaces, les regards aussi. Ils criaient plus fort encore. Je me doutais que là serait le vrai danger, un regard mauvais et elle s'effondrerait comme un château de cartes. Un mot de trop et elle retournerait dans la forêt.

Traumatisme.

Ils ont dit ce mot, les policiers.

Choc post-traumatique. Sanglots.

Son maquillage sur sa joue. Son esprit ailleurs.

Et moi… Traumatisme, mains en feu, mains de fourmis en panique.

Le coup part, sur le mur.
Il rebondit, sur le mur.
Il hurle, sur le mur.
Elle vient, prend ma main, l'embrasse, calme.

Nos corps sur le mur, comme une seule ombre de gens qui s'aiment malgré la catastrophe.

Elle veut se reposer un moment, pas longtemps, je la réveille, je n'oublie pas, insiste-t-elle.

Affirmatif, caresse sur la joue qu'elle enfouit tout de suite sous l'oreiller.

Je la borde, sans fermer la porte, la bouteille de whisky est encore sur le bar, le bouchon de travers.

J'appelle mon collègue, en quelques phrases tout est dit. Il y a des mots pour dire sans dire, des tournures compliquées, creuses comme des gouffres, qui plantent le décor sans définir les contours. Il y a des mots qui font peur. Le viol en est un, un mot que je ne prononçais pas avant, inutile dans mon vocabulaire. Qui aurait touché à mes filles ? À ma femme ? Qui dans notre petit monde tranquille ?

Un taré, mon poing sur sa gueule, décalqué.

Sans Laurence devant moi, c'est ça qui s'imprimait sur ma rétine.

Sa gueule de connard sous mon poing.

Il m'a piqué ma femme, j'ai pensé.

C'est pas la justice qui lui réglera son compte.

J'ai rangé la bouteille, bien loin derrière les digestifs, pour garder le contrôle. Je devais la réveiller, ne pas oublier, elle comptait sur moi et je n'étais pas habitué.

Mes mains me démangeaient, le feu…

Sa gueule de connard sous mon poing.

Mes filles… la quiche.

Je me suis brûlé pour la sortir, pas de gants, ça ne m'était pas venu à l'esprit.

Eau froide, les yeux rivés à la tourtière bancale sur l'évier.

L'heure est venue. D'elle je ne voyais rien qu'un oreiller et une couette recroquevillés en boule.

Je me suis dit non, négatif. Elle ne peut pas aller chercher les filles, servir la quiche et faire comme si. Elle ne peut pas s'occuper des autres alors qu'elle est démolie. Je veux la réparer d'abord, la refaire à neuf de mes mains d'expert. Je veux la reconstruire, plus belle qu'avant, plus solide.

Je suis retourné à la cuisine, incapable de me souvenir des horaires de mes filles.

Sa gueule de connard sous mon poing.

Ma gueule d'incapable dans le reflet de la vitre.

Me retenir de cogner, ne pas la déranger.

J'ai décroché le téléphone. Thérèse au bout du fil.

— Alors ?

— J'ai un renseignement à vous demander. Laurence a eu un petit souci…

Silence.

Pour une fois la pipelette locale n'a pas pipé. Elle attendait sans doute que je lui en dise plus, mais c'était au-dessus de mes forces.

— Vous savez à quelle heure finissent les filles ? À l'école, je veux dire.

Elle savait, elle. Elle m'a même proposé d'aller les chercher, ça ne la dérangeait pas, elle serait bien contente pour une fois d'enfiler ses souliers à la place de son tablier.

J'ai refusé. C'était à moi de m'en occuper.

Je ne sais pas comment j'ai fait pour penser à la remercier de m'avoir appelé ce matin-là avant de raccrocher, vite fait, pour éviter les questions.

Quand je suis retourné à la chambre, Laurence n'y était plus.

Elle a quitté la salle de bains, sans rouge à lèvres, mais les yeux bleus et les cheveux lissés.

— J'y vais, a-t-elle lancé. Tu n'oublies pas, on fait comme si, ne rentre pas tout de suite, on ne dit rien, promis ?

Affirmatif.

Elle est sortie, la capuche de son gilet sur la tête.

Elle a enclenché le moteur de la voiture, mais n'a pas démarré immédiatement.

Je me suis précipité sur le balcon, elle avait ouvert les vitres avant en grand. Je la voyais l'index sur l'autoradio. Ça a pris un moment, le moteur continuait à tourner, la musique à fond, une chanson jamais entendue jusqu'ici.

Elle a fini par partir, j'ignore au bout de combien de temps.

Et moi, je suis resté planté là, les mains en feu, le reste ravagé.

J'ai fait le tour des fenêtres pour la suivre du regard autant que possible. Mes jambes couraient déjà, grimpaient dans la voiture pour la prendre en filature, ne pas la lâcher d'une semelle, veiller sur elle.

Elle m'en aurait voulu.

Laurence n'est pas de celles qui se laissent surveiller. Elle a besoin de liberté. Liberté de ses choix, liberté de décider, en un baiser, qu'elle me voulait tout de suite et sans accord de ma part, liberté de courir dans la forêt parce que la nature est à tout le monde et que la peur n'empêche pas le danger. Elle est comme ça, Laurence, sans esclandre, sans histoire, mais libre, la musique sur les oreilles, libre de courir du rouge sur les lèvres en poursuivant un rêve.

Et son MP3 au fait ?

Personne n'y a pensé, perdu sans doute, dans sa poche à lui, peut-être.

Sa gueule de connard sous mon poing.

J'ai rassemblé mes affaires pour faire comme si et ne pas la décevoir.

Au lieu d'aller sur mon chantier, j'ai marché en direction de la forêt pour récupérer mon fourgon. Les filles avaient glissé des Mentos dans ma poche, Julie sûrement, qui ne les mange pas et me les laisse pour faire attention à moi, histoire, sans doute, que je fasse attention à elle. J'en ai enfourné quelques-uns, sans les compter, avant d'allumer une cigarette. J'ai marché lentement, j'espérais croiser le monospace.

Sa gueule de connard sous mon poing.

Mais rien.

Deux coqs devant la ferme, quelques poules. Un chat aussi, plus de flics.

Et moi, à pied, fou.

J'ai fait le chemin comme ça, pour voir, pour savoir s'il restait quelque chose de ma femme dans toute cette jungle.

Mais rien. Rien à voir, rien à retrouver, pas même le souvenir des cris qu'elle avait ravalés.

Mes mains en feu, fourmilière en délire, trop d'images à construire à partir de rien.

L'enfer. Quel enfer que celui qui cherche à raviver un silence.

Un de plus, encore, comme une fatalité.

Là, c'est à mon père que j'ai pensé. Jamais une parole, toujours dans ses livres, ma mère pour pilier. Qu'avait-il à taire, lui ? De quel côté était-il, avec ses regards noirs ? Regards cruels qui me faisaient ramper par terre.

De ces regards à faire pleurer Laurence…

Y avait-il derrière ses yeux de glace une frontière infranchissable dont ma mère, seule, était la garante ?

Drôle d'idée, à chasser, elle aussi. Il y avait plus urgent aujourd'hui.

Les filles devaient être dans la voiture avec leur mère et moi, je savais ce qu'il me restait à faire.

Julie

Quand j'ai vu la voiture en face de l'arrêt de bus, mon cœur a sursauté et j'ai senti les larmes me picoter les yeux. Maman était au volant, la vitre baissée. Elle ne vient jamais me chercher d'habitude. Annie est sortie pour me faire signe. Elle sait que je suis tête en l'air, toujours dans mes pensées. Elle sait que j'aurais été capable de sortir du bus sans regarder plus loin que le bout de mon nez.

Je suis émue, comme d'habitude. Maman m'entrouvre la portière de devant. Je m'assieds, elle m'embrasse, les deux mains sur mes deux joues, comme elle ne le fait jamais. Je trouve cela bizarre, surtout qu'elle recommence à peine dix secondes plus tard, mais elle sent si bon que j'arrête de réfléchir. Je suis tellement contente de ne pas rentrer à pied et d'être avec maman, devant, comme une grande dans la voiture. Annie est jalouse, parce qu'elle sera toujours plus petite et condamnée à rester derrière.

Pour se venger, elle se moque de moi quand je pleure, et cela m'arrive souvent.

Sur la banquette arrière, Annie est excitée comme une puce et s'affale sur les sièges. Maman ne lui dit pas de s'asseoir correctement et de boucler sa ceinture.

Surprise, je le fais à sa place, mais ma sœur refuse de s'attacher. Elle me rit au nez et me raconte la dernière blague à deux balles de son copain Noé.

— Quel est le seul pays qui n'a pas de cacao ? Cuba, bien sûr !

Et elle éclate de rire et la répète bêtement avant de relancer maman sur *Plus belle la vie*. Elle implore, supplie, mais maman ne répond pas. Annie insiste, maman lui demande de répéter la question qu'elle a posée, mais déjà ma sœur est passée à autre chose et veut savoir ce qu'il y aura de bon à manger ce soir.

— Quiche lorraine, dit maman d'une petite voix.

Je saute de joie, c'est mon repas favori. Annie aurait préféré des frites avec de la mayonnaise (je ne dis pas « mayo » comme elle, je respecte la langue française), elle aurait raffolé de crêpes (je ne dis pas « adoré », je respecte Dieu, même si je n'y crois pas) avec du jambon, du gruyère et un œuf pas cuit pour couler sur tout cela, mais la quiche ne lui déplaît pas non plus, elle mange de tout pourvu qu'il y en ait beaucoup.

À peine arrivée, Annie se jette sur le réfrigérateur (on ne dit pas « frigo ») pour en sortir du beurre et du roquefort. Elle allume la télévision et s'installe devant avec sa tartine même pas grillée. Maman s'assied à côté d'elle et la regarde. Je trouve cela bizarre (on ne dit pas « ça », c'est familier, dixit PDF, ma professeure de français). D'habitude, on mange des sablés à la cannelle dans la cuisine, mais il n'y en a pas aujourd'hui. Quand maman n'est pas encore rentrée à cette heure-là, à cause de son travail, on fait notre vie, ma sœur et moi. On sait qu'il y a Thérèse en face en cas de besoin, on peut traverser la rue ou lui téléphoner, mais on ne le fait jamais parce que Annie ne peut pas la supporter. Elle dit qu'elle passe ses journées à nous espionner derrière son rideau avec son tablier dégueu et ses ongles mal vernis. Elle l'appelle le Corbeau et lui dit à peine bonjour. C'est impoli, maman n'est pas contente, elle l'excuse comme elle peut auprès de la voisine qui la monopolise pendant de longues minutes parce qu'elle se sent seule. Maman l'écoute.

Ce n'est pas le genre d'Annie, elle s'en fout comme elle dit. Chacun sa vie. Si elle s'ennuie, elle n'a qu'à regarder *Plus belle la vie*. Moi, j'aime bien la voisine, elle n'est pas méchante, elle nous donne des bonbons que je refile à Annie et m'a offert un très beau livre de contes. Le plus joli de ma bibliothèque, avec des illustrations en couleur et plein d'histoires. Depuis, je continue la collection, avec mon argent de poche.

L'autre jour, il me manquait deux euros pour acheter l'un de ces recueils à la librairie qui se trouve juste à côté de l'arrêt de bus. J'aurais pu demander à maman de me les avancer, mais je ne sais pas ce qui m'a pris, je les ai volés dans la tirelire d'Annie. J'ai pris la pièce pendant qu'elle était descendue aux toilettes, le soir, pour narguer Titi et manger du roquefort en douce.

Je me suis glissée rapido sous la couette au moment où elle remontait les escaliers sur la pointe des pieds. J'ai juste eu le temps de cacher la pièce avant de sombrer dans un tremblement de terre.

Annie était debout sur mon matelas, à sauter, déchaînée, ravie de s'effondrer pour m'embrasser de toute sa bouche tapissée de bleu.

Elle sait que je déteste cela, elle le fait exprès. Mais cette fois au moins, c'était de bonne guerre, je venais juste de lui voler une pièce pour m'acheter un livre qu'elle ne lirait pas.

Après la quiche, on a eu le privilège de regarder la télévision avec nos parents, c'est vendredi. D'habitude papa pique du nez et Annie en profite pour lui pincer le pif comme elle dit, jusqu'à ce qu'il sursaute et pousse un hennissement qui la fait exploser de rire ; mais ce soir, papa et maman sont chacun dans un fauteuil et papa ne s'endort pas. Annie et moi avons le droit à la couverture sur le canapé. Maman a mis un DVD, un Disney qu'on a déjà vu cent fois. C'est mieux que rien, selon Annie, mais moi je préférerais lire dans mon lit plutôt que de regarder une fois encore cette vieille histoire de lampe magique.

PDF m'a prêté un livre aujourd'hui. Elle sait que j'ai toute la collection des Marguerite Duras, mais m'a conseillé un roman de Roald Dahl. Elle pense que cela est plus adapté à mon âge et que j'aurai bien le temps de lire Duras plus tard. Elle a raison, j'en ai lu quelques pages, c'est beau, mais je ne comprends rien. Je comprends juste que c'est beau, c'est tout, mais cela me fait du bien.

J'aurais bien commencé *Matilda* dès ce soir, mais Annie se serait plainte, et m'aurait reproché une fois de plus de préférer les livres à ma sœur chérie (c'est elle qui ajoute l'adjectif). Alors, pour éviter sa litanie, j'ai regardé le dessin animé, forte des euros de pénalité que je lui avais soutirés deux jours avant. Maman a éteint la lumière, elle a dit « Chut », parce que Annie jouait au ver de terre sous la couverture, et puis on a regardé le film. J'étais contente parce qu'il n'y avait pas classe le lendemain, maman et papa resteraient avec nous, on irait se promener à la montagne, un pique-nique était même prévu. Maman voulait aller à notre mont Saint-Michel à nous, une petite chapelle perdue dans le massif des Bauges, avec des ruines pas loin pour jouer à cache-cache. Bien sûr, Annie a râlé, elle déteste marcher, mais moi j'étais enchantée.

Maman a passé la soirée à se lever, papa n'a rien dit.

Au bout de la troisième fois, j'ai voulu savoir si elle était malade.

Papa a répondu que ce n'était pas grave, juste une petite colique. Il fallait seulement la laisser tranquille, inutile de poser des questions. Annie a rigolé, moi j'ai fait comme si de rien n'était. Maman s'est encore levée plusieurs fois, papa a fini par se lever aussi et puis il nous a dit d'aller nous coucher bien sagement et on n'a pas revu maman.

Elle s'était mise au lit, finalement.

Avec Annie, on a joué dans ma chambre au lieu de dormir. J'avais le roman de PDF sous mon oreiller, mais j'étais trop excitée pour lire. Trop contente pour la quiche, maman à l'arrêt de bus et la grande balade de demain sans collège au programme. On a sauté, dansé sur le matelas, pour finir par s'endormir, en nage, sur la couette.

Je déteste prendre le bus, dans le langage d'Annie, je dirais que ça me fout la gerbe, dans celui de PDF que cela m'incommode. Bref, je déteste le bus, je déteste surtout être loin de chez moi, je ne sais pas pourquoi.

Le samedi, comme prévu, on est allés au mont Saint-Michel. C'est à neuf cents mètres d'altitude seulement. Pas besoin de marcher beaucoup pour y arriver, pas comme la croix du Nivolet. Il y a un joli chemin avec des buis. Papa prend le relais de maman, plutôt silencieuse, pour m'expliquer que c'est un arbre fragile qui pousse lentement, avec de toutes petites feuilles qui sentent très fort. Annie, toujours très poétique, dit que ça pue la pisse, moi j'adore (enfin, j'aime beaucoup).

Comme j'étais la première levée et pour faire plaisir à maman, j'ai préparé le petit-déjeuner et les sandwiches pour le pique-nique. J'ai tout bien fait, je connais les goûts de tout le monde. Maman n'a rien mangé. Elle a dit qu'elle était barbouillée. Annie a demandé sa part, elle y a eu droit. J'ai trouvé cela étrange, d'habitude maman refuse qu'Annie mange une double ration. Papa a tenu la main de maman tout le long de la balade. Annie courait devant avec sa corde à sauter et moi je lambinais derrière.

Le lendemain, maman n'allait pas vraiment mieux, elle se précipitait souvent à la salle de bains, mais disait que ce n'était rien et souriait quand je prenais de ses nouvelles. Une petite gastro, rien de grave, pas de quoi en faire un fromage, comme dit Annie. Moi, à partir de dimanche midi, j'ai repris mal au ventre, comme tous les dimanches après-midi, à l'idée de retourner au collège, mais on a quand même joué dehors, dans la maison d'Annie qui avait enfilé les hauts talons de maman et son imperméable noir en skaï avec une ceinture à bride. Elle m'a proposé une cigarette, j'ai répondu non, merci.

— Ça pourrait te détendre, elle a dit, un Mentos peut-être ?

J'ai répliqué qu'elle regardait trop la télé.

— Et qu'est-ce que ça serait si je pouvais voir *Plus belle la vie* ! a-t-elle ajouté, morte de rire.

J'ai haussé les épaules, avalé un Mentos, piqué une cigarette, et on a fumé côte à côte au fond de l'atelier de papa où il n'avait pas mis les pieds ce jour-là.

Annie était bien contente, moi je me sentais bizarre, c'est pour ça que j'avais mangé le Mentos et pris la fausse cigarette, car j'avais un nœud dans la gorge et une grande envie de pleurer.

Quand maman m'a emmenée dans ma chambre ce soir-là, laissant Annie au salon avec papa, j'ai compris.

J'ai compris que quelque chose n'allait pas, quelque chose que je sentais sans le savoir et qui, en plus du mal de ventre habituel, me serrait la gorge au point que toute ma joie de la veille était oubliée.

Elle s'est assise à côté de moi et m'a demandé de l'écouter.

Elle m'a expliqué qu'elle allait devoir s'absenter quelques jours, pour le travail, mais que papa allait s'occuper de nous. Il avait pris une semaine de congé.

J'ai fondu en larmes.

Maman m'a serrée dans ses bras, mais je l'ai repoussée et je lui ai balancé des horreurs. Je ne sais plus exactement ce que je lui ai dit, mais j'ai été méchante, et maman a pleuré.

Ensuite, j'ai pris *Matilda* sur ma table de nuit et j'ai fait semblant de lire, pour l'ignorer.

Elle s'est levée, a failli sortir, mon cœur exploser.

Et puis elle est revenue s'asseoir à côté de moi, Annie s'est pointée à ce moment-là, maman lui a demandé d'aller voir papa, une surprise l'attendait en bas.

Après un long silence, maman m'a confié son secret. Je l'ai écoutée sans pleurer avant de lui donner un livre que j'avais volé chez papy. Je n'avais rien d'autre pour la consoler. Elle l'a pris et j'ai mis mon nounours de côté.

Quand je suis descendue, plus tard, j'ai trouvé ma sœur, hypnotisée devant le téléviseur. Papa buvait une bière à la cuisine, il n'avait que faire de *Plus belle la vie* en replay.

J'avais bien sûr promis à maman de garder le secret, mais quand Annie est montée se coucher, je lui ai tout répété. C'était sa fille aussi et moi je n'avais pas envie de garder tout cela pour moi. J'en avais déjà bien assez comme ça. Alors, j'ai répété avec les mêmes mots et Annie a traduit. On a pris le Larousse, on est allées à la lettre « V » pour vérifier que le mot d'Annie était juste. Maman n'avait pas dit cela, elle. Elle avait dit une mauvaise rencontre dans la forêt, comme le loup dans le conte, un vilain monsieur qui avait fait du mal à maman et maintenant elle était malade et devait se soigner à l'hôpital. Après, tout serait oublié. Annie en savait plus que moi sur le sujet. Évidemment, elle s'était moquée !

— Tu vois bien que tes livres ne servent à rien, moi avec la télé, j'ai pas besoin des grands mots du dictionnaire pour dire les choses telles qu'elles sont.

Dans la bouche de ma sœur, l'histoire de maman tournait au comique. Elle rejouait la scène, *dans la forêt, le loup, tu parles d'un loup, un taré, moi avec mon couteau en plastique je lui aurais fait la tête au carré.* Et elle menaçait, criait, mordait, un vrai théâtre et le loup s'en retournait, un œil et une patte en moins, le flanc en sang et la queue par terre.

J'ai trouvé le mot exact dans les dernières pages du Larousse, mais sans Annie j'aurais pu chercher longtemps… parce que ce mot-là, je suis sûre que même PDF m'aurait dit que j'étais trop jeune pour l'employer, comme je suis trop jeune pour lire Marguerite Duras.

Je me suis sentie bête devant Annie qui connaissait des mots que j'ignorais. J'avais les mots pour décoller, elle pour atterrir. À nous deux, on pouvait aller loin.

On n'a pas dormi. Elle a juré de garder le secret. On a décortiqué les mots du dictionnaire, compris que maman avait beaucoup souffert et que le danger était partout. On s'est levées en catimini, avec la lampe-torche qui me sert pour lire en douce, on est allées à la cuisine. Annie a piqué du fromage dans le frigo, j'ai fait comme elle, c'était dégueu, mais je me suis dit que ce n'était pas en ne mangeant que du pain et de l'eau que je serais assez costaud pour faire ce qu'on avait décidé.

On a pris chacune un couteau dans le tiroir, le plus long pour moi qui suis plus grande, la taille en dessous pour Annie. Et puis on est retournées, sur la pointe des pieds, dans mon lit. On a dormi à deux, les couteaux sous le matelas, on a décidé que dorénavant ce serait comme ça.

Thérèse

J'ai enlevé mon tablier, je me suis fait un ravalement de façade, vite fait, persuadée que les flics allaient venir m'interroger. J'en étais certaine, c'est moi qui avais prévenu, c'est moi qui avais sauvé la voisine après tout. C'était pas comme pour mon fils, là j'avais rien eu à dire. Ils étaient venus le cueillir comme on dit, au matin, perquisition et tout le bastringue, moi j'y étais pas, j'y étais pour rien.

Je suis sûre que certains se sont dit qu'il avait des gènes, que c'était ma faute et celle de son père intoxiqué à longueur de journée pendant que je passais la serpillière sur le carrelage des vieux. Il y en a qui pensent comme ça. Pour les pièces de dix, ils m'ont fait la morale, pas les flics (ils se seraient pas déplacés pour moi), le directeur de la maison de repos. Il m'a donné deux semaines pour me retourner, j'ai été virée.

Fini, terminé, on n'en a plus parlé.

J'ai remplacé les sols par les carreaux, les pièces par les ragots. C'était pas plus mal au fond. Les histoires de bureau de gens bien mis qui oublient toujours de vous saluer, ça m'allait bien. C'était pratique. Le seul truc, c'est que cette fois, j'ai appris à la boucler.

Je me suis installée sur le canapé, ma tenue, ça allait à peu près, la vaisselle était en train d'égoutter, sans persil, pour l'omelette du dîner.

Sauf que quand l'horloge a passé midi, j'étais toujours assise à la même place, téléphone sur les genoux, à attendre les flics qui sont jamais venus.

J'avais donné l'alerte pourtant.

Et personne.

Personne pour entendre ma version des faits et admettre que, sans moi, ma voisine ne serait plus là.

Plus de nouvelles d'Edmond non plus.

Silence radio.

J'ai rappelé, toutes les cinq minutes, personne, pas de réponse et le bip bip du dérangement (sans répondeur) pour demander qu'il me rappelle, parce que quand même, c'est la moindre des choses…

Pour manger, je regarde toujours l'info locale, histoire de me tenir au courant. C'est pas parce que j'ai été longtemps femme de ménage que le monde m'intéresse pas, faut pas croire, mais quand je vois Saint-Sulpice passer à la télé, j'enfle de fierté.

Ce midi, j'étais sûre qu'ils allaient parler de Laurence aux infos, lancer un avis de recherche et pourquoi pas signaler que sa voisine avait donné l'alerte. J'ai mis le volume à fond et avancé une chaise juste devant l'écran, pour être sûre de tout bien voir. À mon âge, vaut mieux prendre ses précautions, l'attention se fait parfois la malle au moment décisif.

Je suis restée comme ça, les yeux rivés sur l'écran, ultra-concentrée, mon chat à mes pieds, prête à bondir au moindre flash sur ma voisine, mais rien, pas un mot, rien du tout et toujours pas de flics pour m'interroger.

Je me suis rabattue sur les œufs, étalés en omelette, sur ma tartine beurrée. J'avais pas très faim en vérité.

Pour la vaisselle, j'ai remis mon tablier, versé le Paic, le moins possible, mais pour que ça mousse bien quand même. Déformation professionnelle. J'ai besoin que ça soit nickel, quitte à en faire trop. Double vaisselle, donc. Et j'ai laissé égoutter, la télé éteinte, mon nez à la fenêtre pour guetter leur arrivée.

Sauf que j'y voyais pas bien et que j'osais pas tirer le rideau comme je le fais d'habitude. Je voulais pas passer pour une mêle-tout et je commençais à me dire que j'avais peut-être alerté Edmond pour rien.

Laurence avait pu décider, pour une fois, de se rendre directement à l'hôpital. Il y avait des douches là-bas aussi, mais ça tenait pas, Edmond avait eu l'air inquiet. Je lui avais peut-être fait découvrir le pot aux roses, qui sait ?

Quand j'ai trompé mon mari, grâce à ma belle poitrine, il ne l'a pas su, du moins pas à ma connaissance. C'est arrivé de temps en temps, ma voisine dirait par *intermittence*. Elle dit ça pour parler des pleurs de Julie quand elle quitte la maison à pied pour aller prendre le bus. Elle dit aussi que ça va passer, avec l'âge… L'infidélité aussi, ça passe, avec l'âge, à cause de la poitrine avachie et des rides sur la figure.

Bref, mon mari n'a pas su, ou il a fait comme si. Moi, j'ai bien profité, un coup par-ci, un coup par-là, dans les petits coins en particulier.

Pas de flics pour moi, pas de voisine en face, rien. Je me suis dit qu'il était temps que je trouve un plan pour espionner plus longtemps sans me faire pincer. Ça, c'était le mot de mon fils aîné, celui qui dort en tôle en ce moment. Tous les mois, je prends un taxi pour lui rendre visite. Je ne lui apporte jamais d'oranges, je suis sa mère quand même. Je lui donne des bonbons, des biscuits et des cigarettes, surtout des cigarettes, quelques billets aussi.

Je me prive un peu pour lui.

Lui, pour reluquer en toute discrétion, il aurait trouvé une solution depuis belle lurette. Moi, j'ai pensé changer de fenêtre, me poster derrière le rideau de ma chambre et attendre.

Je crois pas qu'Edmond m'ait vue quand il est descendu du taxi, Laurence non plus, impossible avec sa couverture.

J'ai pas pensé à regarder l'heure. Je voulais pas en perdre une miette. Edmond est sorti le premier pour ouvrir la porte avant d'aller chercher Laurence et de la soulever comme un parpaing pour l'emmener à l'intérieur. Le taxi est parti, j'ai rien vu de Laurence (à cause de la couverture) à part ses cheveux. J'ai pas osé appeler, mais je me suis précipitée sur mon lit, téléphone sur les genoux, pour mieux surveiller.

C'était dur, mais j'ai réussi à pousser mon lit deux places à cadre métallique à quelques centimètres de la fenêtre. Je pouvais rester assise et regarder à travers le rideau.

J'ai ruminé comme ça tout l'après-midi, mon chat endormi pour seule compagnie. Les flics allaient-ils venir m'interroger ? Et les filles ? Et son père ? Et que s'était-il passé au juste ? Un taxi les avait ramenés, il y avait forcément eu un problème, un accident peut-être. Une voiture l'avait sans doute renversée, elle avait une jambe cassée cachée sous sa couverture et personne ne m'avait prévenue, moi, la voisine !

À la poubelle, chacun sa place et j'étais qu'une vieille femme de ménage à la retraite, mais je pensais qu'au moins pour une fois, on aurait reconnu mon rôle dans l'affaire.

Je suis allée chercher des biscuits vite fait dans ma boîte en fer et je les ai grignotés sur mon lit. J'en avais la bouche pleine quand le téléphone a sonné.

J'ai failli m'étouffer, mais j'ai réussi à avaler, d'un coup, pour appuyer sur le bouton vert à temps.

C'était Edmond.

J'ai inspiré.

— Alors ?

Il a parlé tout bas.

Il m'a dit qu'il y avait eu un petit souci et m'a remerciée à la va-vite.

Je mourais d'envie d'entendre ce qui s'était passé, au détail près, je voulais tout savoir, m'imaginer la scène et me la répéter en boucle comme les dialogues de mon feuilleton.

Il m'a demandé si je savais à quelle heure les filles sortaient de l'école.

Je savais, j'ai répondu, j'ai même proposé, pour une fois, d'aller les chercher.

C'était pas la peine, il s'en chargerait.

Dégoûtée, j'ai raccroché sans rien savoir.

Les images sont venues tout de suite : Laurence, dans les bras d'un autre, qu'il aurait ramenée, humiliée, dans une couverture. Ça tenait pas, il lui aurait jamais donné de couverture dans ce cas-là. Laurence, renversée par une voiture, Samu, pompiers et mon voisin, à griller les feux rouges, pour suivre le convoi (grâce à moi) avant de la ramener, emmitouflée dans une couverture, le bras en écharpe, pour se reposer au chaud. Dans un taxi ? Par manque d'ambulance ? Ça passait. Ou Laurence, dans la forêt, agressée à cause de son short trop court et de ses belles jambes, mais ça tenait pas, des malades dans ce genre-là, on n'en a pas par ici, sauf que…

Là, j'ai pensé au petit magasin où il y a de tout et qui va bientôt fermer, j'ai pensé que je pouvais acheter un autre livre pour Julie qui serait sûrement en pleurs en apprenant le petit souci et, surtout, que je pourrais en profiter pour tirer les vers du nez à la vendeuse. Je lui dirais : « Vous savez pas, la Laurence Vasseur, ma voisine, vous voyez qui ? L'infirmière qui a perdu sa mère quand elle était merdeuse, ben elle a eu un gros souci, vous avez su ? » Et je prendrais un air mystérieux pour qu'elle pense que je sais tout, mais que je peux rien dire.

Je m'y voyais déjà, avec mes souliers qui me feraient mal aux pieds (je ne sors pas souvent) et ma voiture garée devant la boutique (pour marcher le moins possible).

Je m'y voyais déjà, prêchant le faux pour savoir le vrai, mais j'ai préféré rester scotchée à la fenêtre pour essayer de décoder ce qui se passait en face.

Tout émoustillée, pour une fois qu'il arrivait quelque chose par ici, je me disais que ça passerait sûrement aux infos le lendemain, qu'il y aurait une enquête et que les flics viendraient peut-être.

Je suis restée deux heures assise comme ça, à inventer les détails de ce feuilleton qu'Edmond avait réduit en deux mots. Je n'ai pas fait les poussières, ni lavé par terre, j'ai tout laissé en plan pour espionner, comme Colombo, en attendant le réveil de mon sixième sens.

Ça n'a pas tardé et, comme prévu, Laurence est sortie de chez elle. Ni une ni deux, j'ai collé mon nez au rideau. Elle a fait quelques pas pour s'installer dans sa voiture sans démarrer tout de suite. Pas de jambe en vrac, mon scénario tombait à l'eau. Elle a baissé les vitres et mis la musique à fond. J'ai pas compris, je voyais pas comment elle pouvait penser à ça si elle avait eu un gros souci, mais on peut jamais savoir comment les gens vont réagir.

Moi, quand j'ai appris que mon fils allait se taper deux ans de prison, je suis restée enfermée. Je sortais plus. J'allais au supermarché le plus loin possible, une fois par mois, et je faisais mon jardin. Je mangeais des conserves et des biscuits, je me faisais oublier comme je pouvais.

Au supermarché, il y a un distributeur, je retire plein de billets de dix, pour mon fils. J'ai besoin de rien pour moi, mon autre fils vient pas me voir, il a besoin de rien non plus, il est riche, il se débrouille très bien sans moi.

La vérité, c'est que ce fils-là, je l'aime pas bien. Il a tout pour lui et mon sixième sens m'a toujours dit qu'il avait honte de moi, parce que je fais des potins et qu'il déteste ça. Il savait, lui, pour mes petites tromperies, il avait compris et il défendait son père, malgré les clopes, malgré le cancer. Quand mon mari est mort, je sais plus trop quand (j'ai oublié), mon fils s'est barré. Il sait même pas que son frère est en tôle ! Et rien que pour ça, il mérite pas mes billets.

Elle avait une capuche sur la tête en sortant, la capuche du vieux gilet noir qu'elle met pour faire le jardin. La honte, je me suis dit, revenant soudain à ma première théorie. Elle a démarré tout de suite, mais a mis un certain temps à partir sous les yeux d'Edmond qui avait migré de la porte d'entrée au balcon. Quelques instants plus tard, il a fermé la porte à clé et il est parti à pied. Première fois de ma vie que j'ai vu Edmond marcher. Il a dû aller récupérer son fourgon quelque part là-bas, où ça s'est passé.

Peut-être que ma Laurence s'est fait violer, après tout, on sait jamais.

Si c'est ça, elle pourra pas se plaindre, je l'avais assez prévenue, faut pas courir comme ça, toute seule dans les bois, ça se fait pas. Il y aura toujours un taré, faut pas croire. Je peux pas lui en vouloir, j'ai un fils en prison, j'ai failli y passer, on sait jamais ce qui traverse l'esprit d'un désespéré.

Et puis, c'est pas comme si c'était une gosse, là, je pardonne pas. Mais une femme passe, elle connaît ces choses-là. Elle avait qu'à pas courir en short avec ses belles jambes fines dans les bois. C'est comme ça que je vois les choses, même si ça me ferait de la peine pour elle, quand même, ce serait pas drôle.

J'ai pas connu ça moi. Je me laissais prendre, pas besoin de me forcer. Une Marie-couche-toi-là comme on dit des fois. Sauf que c'est grâce à des femmes comme moi que certains hommes se tiennent à carreau. Enfin, c'est comme ça que je vois les choses. Si toutes ces femmes mignonnes et bien maquillées, jolies, trop jolies, ne passaient pas leur vie à se faire désirer sans jamais se donner, on n'en serait pas là !

Elle en serait pas là, ma voisine.

Enfin… si mon scénario se confirme.

Maintenant, pour moi, c'est cuit. Quoique. Il paraît qu'il y en a qui s'en prennent même aux vieilles. Là, j'aurais du mal, je me laisserais pas faire, c'est plus de mon âge, à cause du tablier, des cheveux tombés, des rides et de la mémoire qui flanche. Je sais plus depuis combien de temps mon mari est mort, je sais plus la date de naissance de mon fils qui est parti, tant pis pour lui.

Bref, en face, tout le monde s'est barré. J'ai quelques minutes devant moi avant de retourner à mon poste pour préparer le souper.

Laurence a fini par revenir avec ses filles dans la voiture. Elle les a fait descendre du même côté avant de les prendre chacune par la main, sa tête comme une girouette, en se dépêchant de rentrer. Raison de plus pour en conclure qu'elle avait eu un gros souci.

Edmond a suivi, un peu après. C'est lui qui a fermé les volets. La nuit n'était pas tombée, mais ils se sont enfermés, tous les quatre, barricadés. J'ai compris que le spectacle était fini, j'ai mis ma soupe à réchauffer et j'ai passé ma soirée toute seule devant ma télé.

Le lendemain, il faisait beau et ils sont partis vers midi, chaussures de randonnée aux pieds, sac à dos pour Edmond, nounours au bras de Julie et capuche sur la tête de Laurence. Je me suis préparé un bon repas, c'était samedi, jour de rôti et de pommes de terre au beurre relevées au persil de mon jardin. Après, j'ai fait le guet sur mon lit et je me suis assoupie. À mon réveil, la voiture des voisins était garée, bien en place, devant le garage. J'avais tout loupé !

J'ai pesté un moment, grignoté ce qui traînait, histoire de me calmer. J'ai pensé à mes fils. Ça m'a donné le cafard, alors j'ai fermé mes volets moi aussi avant de m'installer devant la télé pour me changer les idées.

Le lundi, c'est Edmond qui s'est chargé des filles. Une à chaque main avant de les enfourner dans son fourgon et de les attacher chacune sur le double siège avant. Laurence est partie de son côté, la tête sous sa capuche. Elle a pas traîné pour démarrer. Les volets sont restés fermés.

Je me suis sentie vide et inutile soudain, alors j'ai sorti ma deux-chevaux du garage pour aller me changer les idées au petit magasin, après des années sans y avoir quasiment mis les pieds (sauf pour le livre de Julie). On aurait dit que la patronne savait. J'ai amené le sujet, comme ça, l'air de rien. Elle m'a lancé un regard mauvais. Ça aurait été plus facile avec l'employée, mais c'était pas son jour, alors j'ai dû me débrouiller. J'ai dit que c'était moi qui avais prévenu le mari, persuadée qu'elle changerait d'attitude et me complimenterait avant de me donner sa version des faits, mais elle a coupé net la conversation et m'a demandé ce que je voulais exactement.

— Un livre, pour Julie. La fille aînée de ma voisine, ai-je ajouté pour lui tendre une nouvelle perche.

Elle a pas relevé.

Gros blanc.

J'avais plus qu'à trouver une nouvelle idée et soudain, comme par miracle, je me suis rappelé son ancienne employée, celle qui s'était volatilisée.

Ça m'a fait tilt.

Eh oui ! Je me disais bien que j'avais déjà entendu parler de ça quelque part ! Cette fille-là était partie du jour au lendemain, on l'avait traitée de salope par-ci par-là, sans trop savoir, on l'avait accusée de faire du gringue à un homme marié.

La pauvre gosse !

Fallait vite me faire entendre pour découvrir la vérité. Après avoir sauvé Laurence, je pouvais innocenter une pauvre fille, laver sa réputation, rétablir la justice.

Au lieu de m'écouter, la patronne m'a dit :

— Faites votre tour et prenez ce que vous voulez.

Elle avait des journaux à ranger.

Je suis rentrée chez moi en rage. Même après ce que j'avais fait pour Laurence, on me traitait encore comme une pestiférée, à cause de mon fils et des pièces de dix, j'avais jamais mon mot à dire.

Charles

Ma fille…

L'infirmière a dû m'injecter un calmant en toute discrétion pour que je dorme au lieu de m'agiter sur mon lit étriqué. Cela n'était pas bon pour ma maladie, pas bon pour mes os en voie imminente de guérison, comme je devais l'apprendre bientôt.

J'ai rêvé d'Anne. Elle ne m'avait jamais vraiment quitté, elle vivait dans mes nuits aussi souvent qu'elle me manquait le jour. Je la voyais pleurer, elle avait la jambe toute bleue, elle disait que c'était apparu comme ça, ce matin-là, elle ne comprenait pas. Laurence l'écoutait sans pouvoir l'aider et lui conseillait de consulter un vrai médecin. Moi, j'étais là comme un témoin invisible. Je n'avais pas voix au chapitre et cela m'arrangeait bien. L'irruption d'un hématome sur toute la surface de la jambe de ma femme me faisait penser à une gangrène qui me révulsait.

Quand il a compris que j'étais en train de me réveiller, Charles mon compagnon a sonné l'infirmière. Elle est venue tout de suite. Elle avait dû lui donner cette consigne. Elle voulait que je m'hydrate, à mon âge, c'était important. Elle en a profité pour faire boire mon voisin avant de tirer le rideau pour procéder à ses contrôles de routine.

Cela fait, elle n'a pas cherché à discuter, elle a avancé le plateau sur le chariot à roulettes et m'a demandé, posément, de manger. Je devais prendre des forces, j'allais bientôt rentrer chez moi, c'était une bonne nouvelle, n'est-ce pas ?

— Et moi ? a demandé Charles dans un élan d'espoir.

— Encore un peu de patience, votre tour viendra bientôt.

Il est vrai que Charles avait toujours besoin de moi pour attraper la télécommande et, malgré ses progrès, il lui restait encore de longues journées à s'enivrer de télé dans son lit trop dur et trop étroit.

Constatant que l'infirmière prenait le chemin de la sortie, il lui a fait signe d'entrouvrir le rideau. Elle est revenue sur ses pas et l'a tiré avant de nous laisser.

Charles m'a demandé comment je me sentais. J'avais faim, j'allais rentrer chez moi, tout était pour le mieux.

Il a essayé de savoir si je me souvenais de la jeune infirmière à l'oreille percée du matin. Je lui ai répondu que cela ne me disait rien, curieux de comprendre pourquoi il me posait cette question.

— Pour rien.

C'est à ce moment-là que le téléphone a sonné.

Edmond au bout du fil avec une voix d'outre-tombe que je ne lui connaissais pas.

Je sentais que Charles commençait à s'agiter. Il évitait de me regarder. Pas difficile pour lui de m'entendre, la télé n'était toujours pas allumée, mais je me taisais.

J'écoutais Edmond.

Il a parlé lentement, pour ne pas avoir à répéter ou pour être sûr que j'entende bien. Il articulait des paroles blessées, censurées, qui disaient sans le dire pourquoi Laurence n'était pas venue aujourd'hui et pourquoi elle ne viendrait pas le lendemain non plus. Plusieurs fois, il m'a demandé si je tenais le coup. Charles en faisait autant de l'autre côté du rideau entrouvert. Dans les deux cas, je ne répondais rien, raison pour laquelle, sans doute, ils s'acharnaient à reposer la question.

Edmond a fini par conclure comme il a pu avant de m'assurer qu'il me tiendrait au courant.

J'ai raccroché et tiré le rideau, un geste après l'autre, pour m'isoler. Mon voisin avait le regard grave, vraiment inquiet. Il avait bien compris que ce n'était pas le moment de parler.

De mon côté, pas de réaction, un coup de poing m'aurait mis dans le même état et j'en aurais bien pris des milliers pourvu qu'il n'y eût pas dans ma tête les mots que Edmond venait d'y imprimer.

J'ai rembobiné le film, je voulais que Anne vienne à mon secours. Elle aurait su, elle, consoler Laurence dans un moment pareil. Elle aurait eu les mots pour traduire la peine et le chagrin. Elle aurait susurré : « Ne t'inquiète pas, ma chérie, je suis là, je vais t'aider à surmonter tout ça. » Elle aurait gardé les petites et préparé le dîner pour que Laurence se repose. Le soir, elle serait allée la retrouver et l'aurait serrée dans ses bras pour l'inciter à parler, si elle voulait, si cela pouvait la soulager. Elle n'aurait pas eu peur de sa douleur, elle l'aurait prélevée, petit à petit, au fil des jours, entre ses lèvres pour la recracher ailleurs, loin, dans les premiers frissons de l'hiver.

Soudain, je suis revenu à la réalité, peut-être parce que mon voisin avait à nouveau sonné l'infirmière, en me répétant :

— Ça va ?

La même interrogation banale toutes les cinq minutes.

J'ai dû, moi aussi, poser cette question à Anne des milliers de fois. Et comme mon compagnon de chambre, je suis resté sans réponse. Elle était ailleurs, dans son monde, dans sa douleur, elle n'aurait jamais pu aider Laurence. Une mère qui pleure ne console pas son enfant et ma fille, une fois encore, se serait débrouillée sans elle.

J'en étais là de mes égarements, de mes interprétations ridicules à invoquer encore ma femme qui reposait en paix, pour me dédouaner.

J'ai pensé que j'avais bien élevé ma fille.

Elle était épanouie et il lui était arrivé malheur.

Un accident de la vie comme on dit.

Mon compagnon de chambre a reposé sa question.

On a discuté, entre hommes, de ces choses-là. Finalement, je n'ai pas touché à mon plateau repas.

Après, il m'a proposé d'allumer la télévision. C'était sa façon de faire retomber la pression. On a pris en route un documentaire sur le Chili. J'ai dit que c'était justement le pays où ma fille rêvait d'aller depuis longtemps. Mon voisin n'a rien ajouté. On a laissé le rideau ouvert et on a regardé en silence.

Ils ont montré Valparaíso, sa baie, ses collines. Il y en a quarante-deux. Autant de collines avec des maisons de couleur, des églises, et des chiens. Il paraît qu'il y a beaucoup de chiens à Valparaíso, les gens les nourrissent. Il existe des boutiques entières de croquettes que l'on achète comme des bonbons pour les éparpiller par terre dans la rue. Aucun Chilien ne frappe un chien, c'est interdit. Cela en dit long sur ce pays étiré comme un piment au bord de l'océan.

Je n'ai jamais voyagé, même la France je ne la connais pas. On était sédentaires avec Anne. Quand elle est morte, je n'ai pas eu l'idée de bouger, je ne me voyais pas, ma fille sous le bras, prendre un avion ou un train pour aller visiter un autre pays que le mien. Je réalise que nous avons vécu enfermés, avec Laurence, tous les deux seulement, mais heureux cependant.

Je parle pour moi, elle, je ne sais pas. Entre un père et sa fille, on ne s'arrête jamais sur ces choses-là, du moins je crois.

J'ai bien senti que mon attention fluctuait au fil de l'émission. Les mots d'Edmond revenaient en écho et surtout, les images que mon cerveau s'était créées en entendant le récit, même abrégé, de ce qu'on avait fait à ma fille.

Edmond est resté flou. Cela me convenait, c'était déjà tellement difficilc à supporter, en plus de sa voix qui déclinait, au bord des larmes, malgré ses efforts pour se contenir.

Ils ont montré le port, les grues et les cargos. J'aurais pu rêver d'un long voyage sur ces engins, mais j'avoue que ma vie ici me suffisait. Je n'ai au fond jamais eu l'âme d'un aventurier.

Ils ont conclu par quelques images d'Épinal : jolies terrasses de café, bancs décorés ou murs peints, parfois dans un grand cafouillage à mon goût. Heureusement qu'on ne pouvait pas sentir les odeurs à la télé, parce que tous ces chiens, ces croquettes et ces poubelles suspendues aux poteaux électriques devaient empester les moindres recoins de la ville.

Je n'ai pas compris le rêve de ma fille, peut-être était-il tout simplement lié à un mot ? Car dans Valparaíso, il y a *paradis*, comme un idéal ou, plus prosaïquement, comme l'image que l'on se fait du lieu où reposent les gens qui nous ont quittés.

Moi, j'aurais plutôt choisi New York, pour voir la statue de la Liberté et me perdre dans les rues de Manhattan après une longue promenade à Central Park.

Là, j'ai pensé à Christiane et à nos balades en forêt.

Et puis la porte s'est ouverte. On avait frappé vite fait, ce n'était pas encore l'heure d'Ewa, mais c'était elle quand même. J'avais beau être triste, la voir me fit plaisir. Je regrettais que le rideau ne soit pas tiré pour me passer un coup de peigne en toute discrétion.

Radieuse, ses cheveux d'or relevés en chignon et ses longues boucles d'oreilles sur ses lobes trop petits, elle s'est exclamée qu'elle nous ramenait une surprise. La porte s'est ouverte une seconde fois et elle a présenté sa sœur que, bien évidemment, Charles mon compagnon connaissait depuis longtemps.

Elle s'est jetée sur son beau-frère, avant de freiner son élan, pour l'embrasser sur la joue sans le malmener.

— Il en a encore pour une petite quinzaine, mais celui-là s'en va en début de semaine prochaine. C'est ce que m'a dit l'infirmière dans le couloir, c'est bien ça ?

Ewa chantait sa question du haut de son léger accent qui me plaisait tant.

Sa sœur n'avait encore rien dit. Je me demandais si elle avait cette particularité elle aussi. Mais elle ne l'avait pas. Je l'ai remarqué d'emblée quand elle est venue me saluer.

Elle s'est présentée. Elle s'appelait Katia. Et moi ?

J'ai énoncé mon prénom.

— Ah, comme celui-là ! s'est-elle exclamée, amusée.

— Mais pas du tout le même caractère, a ajouté Ewa, un petit sourire en coin.

— Ça tombe bien ! a conclu la cadette en rougissant, un tantinet gênée, c'est du moins ainsi que je l'ai interprété.

Elles se sont installées face à face entre les deux lits.

On a parlé de tout, sauf de ma fille.

Katia était en vacances pour quelques jours. Elle vivait en Camargue, près de l'étang de Vaccarès. Elle avait deux enfants, bien installés dans la vie, et se réjouissait d'avoir le temps d'écrire des romans depuis qu'elle était à la retraite.

J'ai immédiatement pensé à Julie.

— Ma petite-fille rêve de devenir écrivain, enfin *écrivaine*, comme on dit maintenant. Elle dévore tous les livres de la bibliothèque.

En temps ordinaire, j'aurais ajouté « de sa grand-mère », mais j'ai fait une ellipse.

Katia était enthousiasmée. Une fillette à ce point passionnée par la lecture de nos jours ! Elle serait heureuse de la rencontrer.

Laurence n'y verrait pas d'objection, Edmond non plus. On pourrait organiser cela facilement, un goûter, ensemble avec Julie et Annie.

À regret, les deux sœurs se sont levées en annonçant qu'elles reviendraient le lendemain.

Après leur départ, le vide de la chambre nous a paru sinistre. À cause du secret que nous avions gardé pour nous et que j'avais presque réussi à oublier grâce à Ewa et sa sœur Katia.

Charles est resté vigilant toute la soirée, me reposant sa même question sans arrêt. Il a allumé la télé, j'ai tiré le rideau, sans trouver le courage d'aller faire ma toilette. J'ai fermé les yeux et bien sûr les images se sont mises à tourbillonner à nouveau dans ma tête.

Là, j'ai pleuré.

Jérôme

Dans cette affaire, il n'y a pas d'exploit à accomplir.

La victime est identifiée, le coupable aussi, il suffit de confronter les deux parties pour confirmer les faits.

Il niera, bien sûr, c'est évident. Les criminels n'avouent jamais du premier coup. Ils nient toujours en bloc d'abord, l'air indigné. « Comment ! Moi ! On m'accuse, moi le banquier que tout le monde connaît et toi le premier ! »

Dans ces cas-là, on est coincé, on a déjà vu le coupable dans la vraie vie et on court le risque de se laisser influencer.

Après, il sortira les violons, il invoquera sa femme et ses enfants, sa position sociale, son métier, sa respectabilité. C'est marrant, ils croient toujours qu'avoir l'air respectable permet d'effacer ce qu'ils ont fait.

Comme on est des pros, on se laisse pas embobiner, on gratte, on creuse, on fouille, on l'empêche de filer.

Alors il s'en prend à la victime. Il déblatère le scénario de la femme frustrée qui cherche une aventure sans se l'avouer. Il finit par concéder, selon un cheminement calculé, qu'il a répondu à ses avances, qu'elle l'a courtisé d'abord, comme ça, l'air de rien. Au début, il dira qu'il ne s'est rien passé entre eux et que c'est parce qu'elle est vexée d'avoir été repoussée qu'elle l'accuse de l'avoir violée. Si on apporte une preuve, il niera un peu et retournera sa veste avec autorité, cette femme l'a aguiché et après, comme elle n'a pas assumé, elle l'a accusé de l'avoir forcée. Pour le fric, rien que pour ça ! Et pour se faire remarquer, histoire d'avoir son nom dans le journal, au moins une fois dans sa vie. Là, il sortira la carte de l'ironie et déversera sa litanie dans un délire bien organisé. Et si ça ne suffit pas, il se mettra en colère, hurlera que tout le monde ment et tapera du poing sur la table, en rage.

C'est toujours la même histoire au fond, le même constat désabusé sur la nature humaine qui a perdu ses repères ; mais au-delà des apparences, il y a toujours un aspect particulier qui mérite qu'on s'y arrête pour essayer de comprendre, à défaut d'accepter.

Dans la police, c'est chacun son rôle, chacun son métier, et il faut suivre la procédure dans les règles de l'art.

Je repensais à tout ça, le soir, sur mon canapé, affalé comme une loque devant la télé sans son. Camille est rentrée crevée, avec douze heures de réa dans les jambes. J'ai même pas pensé à me lever pour l'accueillir, l'embrasser et lui demander comment s'était passée sa journée.

Elle a posé son sac sur la table de la cuisine, face à la baie vitrée qui donne sur le lac, elle est venue vers moi, avec le sourire qu'elle a toujours quand elle me voit. Ses cheveux étaient déliés, son maquillage s'était effacé, elle était juste Camille, un peu comme la dame que j'avais ramenée au commissariat ce matin-là.

Elle a vu tout de suite que j'étais contrarié. Elle me connaît bien, maintenant. Elle ne m'a pas laissé croupir dans mon coin, dans mon silence.

Normalement, je ne lui parle pas du boulot et cette fois encore, j'aurais dû me taire, mais en regardant Camille, je voyais cette Laurence et je pensais au banquier, installé à deux pas, qui pourrait toujours recommencer.

Le danger était en bas de chez moi, clairement identifié, c'était plus une affaire lambda dans la pénombre anonyme du commissariat. Je ne pouvais pas laisser Camille dans l'ignorance, même tenu au secret, je ne pouvais pas, et tant pis pour les conséquences.

J'ai assisté à l'interrogatoire. Ce n'était pas ma place, mais mon chef m'a demandé de rester, j'étais sur les lieux de l'affaire, je pouvais peut-être apporter des éléments clés.

D'habitude, j'aurais dit : « Je vous laisse, j'ai un dossier à boucler », mais là, c'était impossible, j'étais pris au piège, comme elle, comme lui. Je devais aller jusqu'au bout, comme eux.

Elle a affirmé qu'elle ne porterait pas plainte. Son mari a bondi. Je me suis mis à bouillir sur place. Je voulais la secouer, lui démontrer que bien évidemment elle était innocente, il y avait des preuves affligeantes, elle s'en sortirait avec une indemnité, c'était la moindre des choses pour les frais que ce traumatisme allait forcément engendrer et surtout, en prison, il aurait le temps de méditer sur sa conduite et de se remettre d'équerre.

Elle ne voyait pas les choses sous cet angle, elle avait ses arguments. Je me suis demandé ce qu'aurait décidé Camille et je lui ai posé la question. Elle m'a répondu qu'elle ne savait pas, elle n'avait jamais pensé à ça. À l'hôpital, elle soigne des bébés prématurés, des petites crevettes en couveuse, pas des femmes violées.

J'ai insisté.

— Mais si ça t'arrivait, à toi ?

— Ne t'inquiète pas, je vis avec un flic, il ne peut rien m'arriver, à moi.

J'ai souri, tristement, persuadé que cette Laurence aussi avait dû longtemps se dire que son homme baraqué saurait la protéger de tous les dangers.

Je n'ai pas eu la force d'expliquer à Camille que toutes mes certitudes avaient volé en éclats en voyant ce couple faire une déposition classée d'emblée avant de retourner, seuls, dans leur vie qui ne serait plus jamais la même.

Quand j'ai révélé à Camille que le banquier était le principal suspect, elle a changé de couleur. C'est là qu'elle a remonté ses cheveux sur sa tête pour s'en faire un chignon avant de me demander de répéter. Elle se souvenait qu'on avait pris l'apéro avec le banquier et sa femme pour les remercier pour le prêt. On ne les avait jamais revus ensuite, juste croisés, dans le quartier ou en promenade dans la forêt.

Camille a décroché à ce moment-là, j'ai vu ses yeux se renverser dans le vague comme cela lui arrive parfois quand elle est perdue. Elle a bondi du canapé pour se ruer à la fenêtre qui donne presque sur le lotissement.

— Mais il a deux enfants !

Pour elle, c'était peut-être pire encore que d'imaginer la femme violée pendant sa course à pied. Moi, je pensais différemment. J'avais vu le mari paniqué, déboussolé, horrifié à l'idée de ne pas retrouver sa femme et d'imaginer le pire. J'avais entendu sa peur, ses silences, son agressivité pour nous obliger à comprendre ce que nous refusions d'écouter. Parce qu'il faut toujours attendre, suivre la procédure. Chacun son rôle, chacun son métier. Et j'étais là pour une dégradation de clôture, pas pour une histoire de femme enlevée. D'ailleurs, ce genre d'affaire passe d'office à la brigade criminelle, je ne suis pas diplômé pour ça. On lance une enquête le lendemain des premiers signes de disparition de la victime. On envoie une équipe sur les lieux, on renforce les effectifs avec des gars des unités voisines, des gendarmes mobiles ou de réserve. Le directeur des opérations et le directeur d'enquête jouent les chefs d'orchestre et les investigations sont lancées. Parfois c'est parti pour des années. Pour Laurence, tout est déjà réglé.

Et dire que moi, pendant ce temps, je me la joue peinard à constater par procès-verbal les contraventions à l'ordre public, dans le genre de la clôture de Vivi. *Tranquillité*, *sécurité*, *salubrité*. Mes mots-clés pour jouer au justicier et avoir l'illusion qu'à chaque mission, c'est Jim en personne qui décroche son téléphone pour me mandater.

Je me suis fait l'effet d'un ballon de baudruche en train de se dégonfler, à mesure que je me confrontais au décalage entre ce que je rêvais d'être et ce que j'étais en réalité.

Camille s'est mise à ranger tout ce qui traînait au salon. Elle passait ses nerfs comme elle pouvait. Moi, j'aurais dû m'entraîner avec Axel, mais je n'avais plus rien dans les jambes. Plus de jus comme on dit. Je lui ai envoyé un message, il a répondu *OK pas de souci*.

Avant d'entrer dans la police, je faisais ma vie tranquille, mes parents me laissaient libre, j'étais un garçon discret. J'ai dû apprendre à m'affirmer dans mon métier, le sport m'a donné la force de prendre ma place et de me fixer des objectifs. Je sais que j'ai longtemps vécu à côté des réalités, je n'ai pas voulu voir que le monde était aussi fait de cinglés.

Ça, je l'ai compris en patrouille et au commissariat, mais j'évite de ramener ces histoires-là chez moi pour ne pas ternir les yeux éblouis de Camille qui a passé sa journée à sauver de nouvelles vies.

Pendant ses études, elle est partie à l'étranger, pour une mission humanitaire, aux Philippines. Il y a eu un tremblement de terre à cette époque, mais elle est restée sur place pour soigner des orphelins dans les prisons. Ces enfants sont enfermés pour ne pas se faire attaquer dans la rue, encore un cas de logique inversée.

C'est là-bas que Camille a eu pour la première fois son sourire qui pétille. Je l'ai découvert sur les photos qu'elle m'envoyait, il m'a sauté aux yeux, elle rayonnait, une fillette dans les bras, la morve au nez, mais elle rayonnait pour deux. J'ai vu que toute sa vie était là, auprès de ces gamins qui avaient besoin d'amour pour grandir et croire en la vie. Je me suis dit que c'étaient sûrement les gens comme elle qui pouvaient empêcher les gens comme moi de se retrouver face à la misère humaine. Je croyais que Camille serait revenue avec son air radieux et plein d'espoir, mais en dépit du sourire qu'elle a gardé depuis, elle m'a souvent répété qu'à Manille elle avait compris que le plus souvent, même chez un enfant, on sent très vite que c'est déjà cuit.

Je ne voulais pas l'admettre, je pensais qu'on pouvait toujours échapper aux chaînes d'une vie qui a mal commencé. On ne s'est pas disputés à ce sujet, on s'est écoutés. Je me disais que si le délinquant du quartier avait eu une Camille pour s'occuper de lui, il aurait trouvé des raisons de bien se comporter. Camille n'y croyait pas, tout au plus pouvait-elle maintenir en vie des grands prématurés et apporter un peu de chaleur, mais elle n'était pas Mary Poppins.

J'ai fini par me lever moi aussi. Il y avait des packs d'eau et de lait à descendre à la cave, je l'ai fait. La porte du garage était ouverte, j'ai aperçu l'entrée du lotissement où habitait le banquier. Mes pieds ont commencé à me démanger, littéralement, et à me brûler ensuite. Il m'a fallu quelques secondes pour m'apercevoir que je sautillais sur place, hyperactif, la chaleur irradiant mon corps jusqu'à la pointe de mes mains. Camille m'a rejoint, elle a compris à quoi je pensais et m'a conseillé d'aller faire un tour de vélo, d'appeler Axel, de lâcher ma colère plus loin.

Je ne pouvais pas régler cette affaire moi-même, mais je sentais le sang battre dans mes tempes et l'envie de cogner. Il y a des flics qui dérapent, il y en a même qui deviennent à leur tour des criminels à force de traquer les ordures jusqu'au fond de la misère la plus glauque.

Pour me défouler, j'ai pris mon vieux vélo, pas celui qui me sert pour le triathlon. Le vélo ordinaire à quatre vitesses et sans pédales automatiques. J'ai dit que je ne serais pas long et j'ai commencé à mouliner parce que le pédalier était mal réglé. J'ai viré à gauche et pris la descente, tout de suite, j'étais sûr que je n'aurais pas le choix après. Je ne pouvais pas garder toute cette agressivité en moi, il fallait que je me défonce, pour ne pas faire exploser ma rage sur la porte du banquier.

J'ai suivi un circuit à l'aveugle, sans carte et sans montre, juste pour pédaler et tenter de trier les images qui se bousculaient dans mon esprit. Il y avait les paroles aussi, ces paroles qui sont des actes de gens qui décident, comme Laurence refusant de porter plainte. Ce refus trahissait un regard sur le monde, sur l'injustice aussi, l'impression que de toute façon, c'était couru d'avance. Il y a des femmes qui auraient fait l'inverse. Elles auraient eu raison à leur façon. Il y en a qui se suicident.

Des hommes aussi le font, des hommes aussi vivent ça. Et toutes ces idées dans ma tête comme dans une lessiveuse et moi, au creux de la vague, à me dire que je n'avais ni cape ni bottes pour voler au secours des victimes, pas de super-pouvoirs pour attraper ces ordures et les remettre aux flics avec un grand sourire comme Superman. Dans le monde de Clark Kent, il y a un grand article dans le *Daily Planet* pour rendre justice à la victime pendant que le coupable est en tôle pour un bon moment, mais il ressort toujours, fatalement, il renaît de ses cendres comme Lex Luthor et revient plus pervers encore.

Je commençais à devenir carrément pessimiste, sur mon vélo, à me répéter que dans ce monde il n'y avait pas de justice, à penser que Camille allait s'en prendre une un jour, forcément. Je me disais bien content de ne pas avoir encore d'enfants.

Que devait s'imaginer Laurence ? À quel point pouvait-elle craindre que le banquier vienne rôder autour de sa famille ? En plus du reste.

Bizarrement, sans calculer, sans m'en rendre compte, je suis passé devant chez elle. Vivi m'avait expliqué où c'était, le couple l'avait mentionné aux flics aussi et mon vélo m'y avait conduit comme par hasard. Les volets étaient déjà fermés, le fourgon de ce matin garé devant le garage, prêt pour un nouveau départ. Une voiture grise à côté assortie aux volets. J'ai failli m'arrêter, pour prendre des nouvelles, j'ai vu le rideau de la maison d'en face s'écarter, j'ai continué à pédaler.

Mon tour a duré jusqu'à la nuit tombée, un tour sans intérêt, rien que pour contrôler mes instincts. Sauf qu'à l'arrivée, je n'ai pas pu m'empêcher de passer devant la maison du banquier. Son monospace n'y était pas, la Mini de sa femme stationnait à sa place habituelle, les volets étaient ouverts.

Je suis rentré chez moi, Camille s'était occupée du repas. D'habitude, le vendredi, c'est moi qui fais des galettes. Je commence avec la galette saumon poireaux, puis je passe à la crêpe pomme caramel au beurre salé en dessert, ma spécialité.

On a grignoté sur le canapé, elle avait préparé des toasts, des roulés au jambon, une sauce citron et des petits légumes. Elle avait sorti une bouteille de blanc, allumé une bougie, programmé la playlist d'une chanteuse de pop américaine que j'aime bien. On ne s'est pas dit grand-chose au début. Moi, je pensais à Laurence et à son mari. Je me disais que chez eux, il n'y avait probablement pas de bouteille de blanc et de petit repas.

J'ai fini par me confier à Camille et elle m'a rassuré.

— C'est une mère, elle voudra protéger ses enfants. Elle fera semblant, elle aura cuisiné leur plat préféré et passera la soirée avec eux, devant la télé, comme si de rien n'était.

Je suis resté bouche bée.

— C'est comme ça qu'agissent la plupart des mères à l'hôpital, elles redoublent de courage.

— Toutes ? Sans exception ?

— Bien sûr que non.

On a parlé de ça toute la soirée. Le lendemain, voyant que mon moral était en berne et que rien ne pouvait détourner mon attention de la fenêtre et du lotissement, là, en contrebas, Camille a pris le taureau par les cornes.

— Ça suffit, on s'en va faire du ski, prends tes affaires. Inutile de rester ici dans ces conditions.

La neige était bonne et Camille a tout fait pour me changer les idées. Elle m'a même encouragé dans mon projet d'Ironman alors qu'elle voulait que je fasse un break pour passer plus de temps avec elle.

Mais je n'avais plus tellement envie de ça, plus envie de me faire mal à ce point, plus envie de cette discipline qui rythme chaque seconde de la journée et conditionne ce qui se glisse dans mon assiette. Soudain, j'ai réalisé que ce n'était plus mon combat.

— Je ronronne au boulot. J'en ai marre de rédiger des procès-verbaux et de superviser des broutilles. Je veux passer à l'investigation !

Camille a pâli. Elle savait à peu près ce que mon ras-le-bol impliquait. Elle savait qu'à ce poste, vie privée et vie professionnelle ne faisaient pas bon ménage.

On voulait fonder une famille, avoir deux enfants, comme Laurence et son mari, un garçon et une fille de préférence, comme le violeur et sa femme. On voulait les promener en forêt, les regarder dévaler les pistes en luge puis sur des skis. On rêvait de parties de crêpes et de tennis de table, de sapins de Noël bardés de lumières, de gâteaux d'anniversaire ultra-décorés et du petit trait de crayon sur le mur de la cuisine pour mesurer centimètre par centimètre leur croissance et la taille de notre bonheur.

On attendait. On voulait en profiter au maximum, pour nous deux, avant. Faire du sport, de la course, de la marche et du ski autant que possible. Camille alternait mensuellement les jours et les nuits, un service de douze heures, jamais de vacances de plus de quinze jours et des plannings toujours à l'arrache. Beaucoup de contraintes et déjà trop peu de moments ensemble. Et moi, j'en rajoutais avec mes envies d'enquêtes assorties d'un nouveau concours à passer.

J'ai regretté d'avoir jeté un pavé dans la mare, mais je me suis senti en paix avec moi-même. J'avais de bonnes raisons de m'accrocher.

Les justiciers, les super-héros, c'était bien beau, mais j'ai compris, grâce à cette histoire, que j'avais envie de troquer mes rêves de gosse contre de la patience et du travail.

Et du travail, il en fallait beaucoup, pour empêcher les ordures de mener leur petite vie tranquille avec un bon repas sur la table en guise de récompense.

Cathy

D'abord il est rentré à la bourre. Il avait une drôle de mine et il était agité. Je n'ai pas posé de questions, j'avais la tête ailleurs. Il était en retard, donc pressé, et le repas n'était pas tout à fait prêt. J'ai trouvé une excuse pour me justifier. D'habitude il aurait râlé et je me serais pris un savon, mais là, il s'est posté devant la fenêtre et il s'est mis à me raconter à toute vitesse le problème de Vivi.

— Ralentis, je lui ai demandé à plusieurs reprises, tu parles trop vite, je n'y comprends rien !

J'avais du mal à l'écouter, entre la cuisson à surveiller et le couvert à installer.

C'est ennuyeux ce qui arrive à Vivien, mais c'est fréquent ici, les querelles de clocher vont bon train. Avec le boulot de Claude, on aurait pu vivre en ville, mais il me pensait plus en sécurité dans un village et puis, on aurait plus de fric. Je l'entends encore me faire sa sérénade : « On sera plus à l'aise, tu auras tout ce que tu voudras, un iPhone, une voiture à la mode, tu auras tout ça et plus encore. »

Il n'avait pas tort.

Au moment de partir au travail, il m'a dit qu'il se sentait patraque. C'est vrai qu'il était pâle. J'avais bien vu qu'il tremblait un peu, par moments, mais j'avais mis tout ça sur le compte de Vivi et du coup de blanc qu'il avait dû lui servir pour noyer entre deux blagues leur péripétie matinale. Et puis, il s'était repris, sans trop toucher au repas, mais ça n'a rien de choquant quand on est contrarié.

Il a demandé un café. Je le lui ai préparé dans sa tasse, toujours la même, la tasse exprès pour la cafetière à dosettes. Il n'y a pas touché. Le café est resté là, sur le bar, à refroidir.

Il s'est mis à trembloter sur le tabouret, l'air toujours bizarre.

— C'est encore Vivi qui te met dans cet état ? C'est à cause des cambriolages ? Tu as peur que ça recommence ?

Il a gardé le silence.

— Ne t'inquiète pas, mon chéri, on a une alarme. Ne va pas commencer à te faire des films, on est en sécurité ici, rien ne peut nous arriver.

Après être convenus d'éviter le sujet devant les enfants, je me suis approchée de lui pour lui caresser la joue et le détendre un peu.

Il s'est reculé d'un coup, agressif.

— J'suis pas un gosse, lâche-moi, t'as compris ?

J'ai pas compris.

C'était pas le moment d'en rajouter, je connais mon mari, faut pas le chercher. Les enfants le savent aussi.

— Ton café va refroidir.

— J'ai mal à la tête. Appelle la banque, dis-leur que je suis malade. Je vais me coucher, ne viens pas me déranger.

Il s'est levé et s'est barré dans la chambre.

Regard rideau.

Je l'ai entendu claquer la porte et puis plus rien. Il avait dû se mettre au lit. C'était rare, pas le genre de Claude, mais bon, je me suis dit que c'était pour se vider l'esprit à cause de Vivi. Rien de grave, si ce n'est que cette saute d'humeur venait contrarier mon programme de l'après-midi.

J'ai envoyé un message vite fait, effacé l'historique et puis j'ai passé le coup de fil pour excuser mon mari. Ensuite, j'ai joué à la perfection mon rôle de femme au foyer, en me rabattant sur le nettoyage des vitres.

Il est resté terré dans la chambre, dans un silence de plomb. Quand je me suis approchée pour prendre de ses nouvelles, je me suis retrouvée comme une cruche devant la porte fermée.

Première fois.

Je l'ai appelé, bien sûr, il n'a pas répondu.

J'ai insisté, joué sur les sentiments. J'étais inquiète pour lui, peut-être avait-il fait un malaise ? J'allais appeler un médecin.

Il a hurlé :

— Laisse-moi tranquille ! Je veux la paix, compris ?

Il allait mieux !

Là, j'ai pensé que c'était un gros coup de cafard, mais difficile d'aider Claude dans ces cas-là. Il a une histoire compliquée, avec son père que je n'ai jamais rencontré, dont il ne parle pas et sa mère qui l'a abandonné aussi.

Un coup de calgon ou une crise de jalousie. Il a peut-être découvert mon petit manège et dans ce cas-là, il vaut mieux que je me prépare parce que ça ne va pas se passer comme ça.

Les minutes ont défilé, les heures aussi, j'ai continué à gamberger jusqu'au moment où j'ai réalisé qu'il serait bientôt temps d'aller chercher les enfants à l'école dans ma voiture flambant neuve.

Tout le monde croit que je crâne avec ça, c'est vrai que c'est classe et que ça en jette avec mes lunettes noires, mais bon, ce n'est pas moi. La vérité c'est que je ne suis jamais mieux qu'avec ma voisine qui garde des petits et ne roule pas sur l'or. Mais elle fait ce qu'elle veut, elle au moins.

Si je dis ça à Claude, il ne comprend pas, alors je n'en rajoute pas, trop contente qu'il me laisse la voir quand je veux. Il n'est pas jaloux des filles.

Comme je n'étais pas tranquille de le laisser seul aussi longtemps dans la chambre, j'ai retenté ma chance.

— Tu veux que j'appelle un médecin ?

Pas de réponse.

— Claude, je t'en prie… Réponds-moi, je suis inquiète pour toi.

J'en ai rajouté pour l'attendrir, éviter qu'il n'ouvre brusquement la porte et ne me retourne une gifle.

Ça peut arriver quand je l'énerve, alors j'évite.

Il n'a pas répondu, mais quand j'ai entendu l'annonce de l'antivirus de son ordinateur qu'il a coupée vite fait, j'ai su qu'il ne dormait plus.

Inutile d'insister, je me suis repliée dans la cuisine en attendant qu'il daigne sortir.

L'heure d'aller chercher les enfants à l'école est arrivée. Je ne savais pas comment faire. Il n'y en avait pas pour longtemps, mais je craignais de les ramener à la maison avec leur père dans cet état. J'ai tergiversé avant de tenter une nouvelle approche. En attendant, Justine et Clément joueraient dans la cour, ils avaient l'habitude, j'arrivais souvent à la bourre.

Je m'apprêtais à demander à mon mari de sortir avant le retour des enfants, quand on a frappé à la porte.

J'ai pensé que c'était la voisine, à cause du message que je lui avais envoyé, et je me suis précipitée sur la pointe des pieds.

J'ai ouvert, mi-anxieuse mi-excitée, prête à lui chuchoter de faire demi-tour illico parce que Claude avait les nerfs…

À la place de ma copine, je me suis retrouvée face à un beau gosse baraqué en blouson de cuir.

— Elle est à vous la Scénic grise ?

J'ai pas trop réfléchi avant d'acquiescer. Je ne me suis pas demandé ce qu'il faisait là.

— C'est la voiture de mon mari, ai-je même ajouté parce que je le trouvais plutôt sympa. Elle vous gêne pour passer ?

Il n'a pas répondu.

— Il est où ?

— Qui ?

— Votre mari.

Là, j'ai commencé à me méfier. Pourquoi ce type voulait-il voir mon mari, en plein après-midi, à cause de la voiture, bien garée, comme d'habitude ?

— Vous êtes son collègue ?

J'ai posé la question sans conviction. Il n'avait pas le look du banquier, mais on ne sait jamais.

— Pas du tout. Je veux le voir, c'est tout. Une affaire à régler, entre hommes.

J'ai senti que ça tournait au vinaigre, j'ai menti, dit qu'il n'était pas à la maison.

— Et sa voiture alors ?

— C'est que…

Je ne savais plus quoi répondre, je cherchais encore une excuse, même si je n'avais aucun compte à lui rendre. J'aurais dû refermer la porte, Claude ne sortirait pas de son trou de toute façon ; mais je suis restée clouée sur place, un peu troublée face à cet homme qui m'adressait la parole.

Il a dû sentir le malaise, le doute, la faille peut-être.

— Je ne vous veux aucun mal, mais votre mari a violé ma femme.

La terre a tremblé sous mes pieds. Je lui ai fait répéter.

— Ce matin. Elle ne veut pas porter plainte. Elle dit que vous avez des enfants. C'est vrai ?

J'ai approuvé, instinctivement.

— Oui. Clément et Justine.

— Ils ont quel âge ?

J'ai répondu.

— Ah ! presque l'âge de mes filles.

Il a haussé les épaules, dévasté. Je l'ai vu dans ses yeux.

— Il est enfermé dans la chambre, il prétend qu'il a mal à la tête, à cause de la clôture de Vivi.

J'ignore comment j'ai fait pour lui parler. La violence de Claude sans doute, depuis des années, sa jalousie aussi, insupportable.

— Vous connaissez Vivi ? ai-je ajouté sans trop savoir pourquoi.

— Ma femme oui, moi non, je ne suis pas d'ici. Laissez-moi voir votre mari.

Je me suis reculée, il est entré.

D'un regard, j'ai indiqué la porte derrière laquelle Claude se terrait. Je me suis sentie minable de balancer mon mari, et pourtant, cet homme m'inspirait plus confiance que lui. Je voulais l'aider et j'ai pensé à mes enfants.

Il n'a pas cherché à discuter. Il a poussé la porte qui était verrouillée alors il l'a défoncée d'un coup de pied.

Et il est entré dans notre chambre.

J'ai réalisé que je ne connaissais pas l'homme qui venait de faire irruption chez moi et que pas un instant je n'avais eu l'idée d'appeler les flics. Je l'ai laissé faire, espérant que la voisine viendrait me ramasser à la petite cuillère quand il quitterait la maison et que mon mari en furie tenterait de me convaincre que toute cette histoire n'était qu'un tissu de mensonges.

Je me suis tenue derrière le mur pour écouter, je ne pouvais pas regarder, Claude m'aurait tuée pour ça.

Il a dû le prendre au col, ou peut-être l'a-t-il balancé sur le lit pour lui en coller une.

Ensuite, il lui a dit, sans crier, froidement, sans s'énerver :

— Tu as violé ma femme, tu dégages d'ici.

Mon mari a nié, a soutenu que sa femme n'était rien qu'une traînée qui l'avait bien chauffé dans la forêt depuis des semaines.

Il s'en est repris une.

J'ai sursauté, pas l'habitude d'entendre un poing frapper, pas à ce point-là. Mais quelque chose en moi résonnait, faisait écho aux gifles que, quelquefois, pas souvent, surtout depuis la naissance des enfants, il m'avait données.

Il lui a répété :

— Tu as violé ma femme et tu vas dégager, tout de suite. Tu règles ça comme tu veux, mais si tu mets encore les pieds dans la région, on te règle ton compte et c'est pas la police qui s'en chargera, crois-moi.

Et puis il est revenu dans l'entrée, à bloc, je le voyais à ses épaules, tendues comme des cordes.

— Qu'il s'en aille, et vite ! Je suis désolé pour vous, pour vos enfants surtout, mais il fallait que vous sachiez. Vous ferez ce que vous voudrez.

Et il est parti en claquant la porte.

Je me suis effondrée le long du mur, sous le choc.

Claude est sorti de la chambre quelques minutes plus tard. Il ne m'a pas jeté un regard. J'ai deviné qu'il pissait le sang à la serviette qui recouvrait son visage. Il a pris ses clés, son portefeuille, le tout sur la commode à côté de la porte d'entrée et il est sorti.

Je me suis retrouvée là, par terre, sidérée.

J'ai oublié les enfants, l'école a téléphoné. J'ai appelé la voisine, elle s'est occupée de tout.

Il a laissé la porte ouverte avant de partir, je n'avais pas la force de me lever. L'air frais a pénétré à l'intérieur sans que je puisse l'empêcher de me faire claquer des dents.

Mon mari, mes enfants…

Laurence

Il n'y avait plus de musique dans ma tête. Je ne m'en suis pas aperçue tout de suite. Il m'a fallu des jours, des semaines pour ça aussi. Si je pouvais encore afficher un sourire, impossible pour moi de chantonner, plus de joie à mes lèvres, plus de mots à donner au vent.

C'est à l'hôpital que je me suis souvenue de mon lecteur MP3. Panique. Et s'il était entre ses mains ? Est-ce qu'il écoutait ma musique à ma place, pour continuer à me posséder maintenant que je lui avais échappé ?

J'ai balayé cette idée, renvoyée dans la fumée opaque des psychotropes que j'avais fini par accepter pour me détendre un peu ; mais on ne se débarrasse pas des obsessions. À chaque réveil brutal, je voyais ma musique autour de son cou, mes écouteurs dans ses oreilles, ma vie dans ses yeux noirs.

Shootée, je ne pouvais même pas hurler ma terreur, elle se ratatinait et je l'écrasais encore, pour implorer le sommeil.

Une semaine de trithérapie et tout ce qui va avec, loin d'Edmond, loin de mes filles à qui j'avais dû mentir, ou presque.

Le dimanche soir, j'ai pris Julie à part dans sa chambre, pour lui expliquer que j'allais m'absenter toute la semaine pour le travail. Je ne pouvais pas lui dire la vérité, mais je la savais trop anxieuse pour m'en aller sans la rassurer avant.

Je n'avais jamais lu la détresse dans son regard comme ce soir-là, soir de mensonge pour moi autant que pour elle et nous le savions toutes deux. Je lui ai dit :

— Viens ma chérie, et elle m'a suivie.

Un coup d'œil à Edmond a suffi pour qu'il propose à Annie de jouer aux cartes.

— Ce serait plus cool sur une tablette, mais c'est mieux que rien, a concédé Annie en se précipitant sur le paquet de cartes serrées dans un élastique.

J'ai monté les escaliers derrière Julie pour lui cacher les larmes qui menaçaient mon rôle de mère.

Elle s'est recroquevillée sur son vieux pouf défraîchi, emmitouflée dans sa couverture. Je lui ai caressé les cheveux, pour l'apaiser et lui annoncer que j'allais devoir m'absenter. Comme prévu, Julie s'est mise à sangloter.

Alors je l'ai prise dans mes bras tout en pensant à moi. Je revoyais la forêt, les feuilles surtout, des feuilles partout pour m'étouffer. Julie a senti ça, elle a senti que je n'étais pas là pour elle.

Pétrie d'angoisse, elle m'a accusée de partir pour ne plus la voir, parce que je ne l'aimais pas. Elle a dit ça, avec ses mots à elle, en pleurs.

Les larmes m'ont submergée à mon tour. Parce que c'était trop cette fois, trop d'un coup, trop après tout ça.

C'était une gifle qu'elle m'avait donnée, mais je n'étais pas vexée. Elle disait la vérité. Annie était ma préférée. Elle, Julie, trop sensible, m'agaçait, ne me ressemblait pas, ressemblait à ma mère, qui était morte, comme dans ses livres, de chagrin, de détresse autant que de cancer, morte sans penser à moi.

Ce n'était pas le moment, j'étais brisée, explosée, laminée et ma propre fille m'accablait. Je ne l'aimais pas assez. Elle disait tout haut ce que je pensais parfois tout bas. Elle affirmait ce que j'aurais pu nier toute ma vie, en lui mettant la faute sur le dos, si je ne m'étais pas trouvée dans le gouffre total.

Après avoir vidé son sac, Julie a cessé de pleurer. Elle s'est levée, a pris un livre à côté de sa lampe de chevet, s'est assise sur son lit avec son nounours, et s'est mise à lire sans me prêter un regard.

J'ai eu envie de quitter cette chambre, ce monde qui ne me disait rien. J'ai eu envie de la gifler aussi, ça m'aurait fait du bien. J'ai eu envie de la pourrir, de lui faire la morale, forte des mots qui me montaient à la gorge comme des vipères.

J'ai failli lui dire, *c'est ça ma fille, pleure, pleure dans tes rêves, pleure dans tes livres, à toi il n'est rien arrivé, tu n'as rien à souffrir et tu pleures à longueur de journée*. J'ai failli cracher tout ça, d'une traite, comme une rafale, dans un éloquent mouvement du bras qui m'aurait libérée, moi.

J'ai failli et puis j'ai entendu l'écho de sa petite voix.

— Tu ne m'aimes pas maman, c'est pour ça que tu t'en vas.

J'ai séché mes larmes vite fait. Mes pas ont changé de direction. J'ai soudain compris que ma fille était grande maintenant et je me suis assise près d'elle, au bord du lit. Comme elle faisait mine de ne pas me voir, j'ai pris le livre, délicatement, avec respect, moi qui ne lisais jamais, j'en ai parcouru la première page. Elle lisait *Matilda*, d'un certain Roald Dahl. Une fillette à son image sur la couverture, un livre en main, grand sourire.

Annie a surgi à la porte, moqueuse, à sa façon de défier quand elle s'inquiète. Julie n'a pas réagi, j'ai demandé à Annie de retourner voir papa qui lui avait préparé une surprise.

De nouveau seule avec Julie, la voix grave du commissariat est revenue. Une drôle de voix, différente de la mienne, qui me donnait l'impression d'être soudain devenue quelqu'un d'autre.

J'ai pris des pincettes, je l'ai prévenue, préparée, j'allais lui confier un secret que je ne dirais pas à sa petite sœur, un secret entre nous deux, rien que nous deux et papa bien sûr.

Je lui ai dit, avec les mots qui ne disent pas vraiment, que j'avais eu un accident, et que je devais aller à l'hôpital pour me soigner.

Elle n'a pas pleuré.

Elle a posé des questions, j'ai répondu avec des mots plus grands. Elle ne pleurait plus.

— Je vais t'aider maman, et papa aussi. Je m'occuperai d'Annie, tu pourras te soigner.

Là, c'est moi qui ai cru fondre en larmes, mais Julie s'est levée brusquement pour attraper un livre dans sa bibliothèque.

— J'ai commencé à le lire, mais je n'ai rien compris. Tu m'expliqueras, promis, tu m'expliqueras…

J'ai compris qu'elle me donnait ça à cause du titre et qu'elle avait dû prendre ce roman dans la bibliothèque de sa grand-mère parce que *La Douleur*, même à son âge, elle connaissait bien.

Avant de la laisser poursuivre sa lecture, je lui ai caressé les cheveux et je lui ai dit qu'elle était ma joie de vivre.

Quand je suis arrivée au salon, Annie pétillait devant son feuilleton, Edmond fumait sur la terrasse, la porte ouverte, une bière à la main.

Ma valise était prête, je l'avais cachée sous notre lit, pour ne pas inquiéter les filles.

J'ai pris un verre moi aussi, je n'avais pas froid sur la terrasse, je ne ressentais plus rien, j'étais comme une éponge qui absorbe sans comprendre et pourtant, j'ai confié à Edmond ce que Julie pensait de moi.

— On verra plus tard pour le psy, a-t-il conclu.

À ces mots, ma douleur s'est décuplée, prenant le pas sur celle de mon enfant. Je me suis sentie coupable, le livre qu'elle m'avait donné à la main, d'un auteur dont je ne connaissais même pas le nom. Je ne savais pas dans quel sens le prendre, le lire peut-être, qu'aurait-il à dire de moi ?

— Elle est grande avant l'âge, a ajouté Edmond, lâchant un nuage de fumée.

— Elle ne l'a pas lu, c'est trop difficile.

— C'est le titre qui lui a plu, tu sais...

Oui, je savais et le lendemain, j'ai glissé le livre dans ma valise, sûre que je ne le lirais pas.

J'ai passé la nuit sur le canapé. Impossible de dormir à côté d'Edmond, impossible de dormir, tout simplement.

J'ai fait semblant le lendemain encore. Julie n'a pas pleuré sur sa tartine, je n'ai pas allumé la télé, on a discuté, un peu, même Edmond a lancé une blague ou deux, pour détendre l'atmosphère, pendant qu'Annie étalait double dose de St Môret sur un reste de crêpe de la veille. Si j'avais autorisé le Nutella, sûr qu'elle en aurait étalé par-dessus. À l'avenir, il faudra peut-être y penser.

Une semaine d'hôpital, deux étages au-dessus de mon père, sans visite, on s'était mis d'accord avec Edmond et mon père est rentré chez lui le mardi. Je ne pouvais pas le voir, je ne pouvais voir personne, j'étais en lambeaux.

J'ai tout avalé, tout pris, tout ingurgité. Je n'ai rien oublié. Son visage est rapidement devenu flou, ses mots jamais. Il m'avait envahie, je le sentais partout, dans mon ventre surtout, là où la peur s'était logée pour m'empêcher de vivre. Ça, je l'ai compris après, quand les larmes sont venues à manquer, quand j'ai remarqué que je n'avais plus faim et que rien ne me touchait plus.

Une jeune infirmière est venue dans ma chambre, un piercing à l'oreille, c'est tout ce que j'ai remarqué. Je l'ai reconnue d'emblée, une habituée du service de mon père. Elle m'a demandé si elle pouvait rester, j'ai accepté à condition qu'elle me coupe les cheveux.

Son regard a changé. Elle s'est absentée, pas longtemps. Elle m'a assise sur le tabouret, devant la fenêtre qui donnait sur le Granier. Mes cheveux sont tombés au sol, je les ai d'autant mieux entendus qu'ils tombaient en silence.

Je ne me suis pas regardée dans le miroir, j'ai sans doute oublié de la remercier. Elle est revenue le lendemain.

Ils m'ont laissée tranquille. La plupart des soignants me connaissaient, mais ils ont fait leur travail comme si de rien n'était et j'ai purgé ma peine résignée, quelques jours d'une parenthèse que j'aurais vite oubliée si mes cheveux n'en avaient porté la trace.

— Ça te va bien, m'a dit Edmond, en venant me chercher.

Il n'a pas osé s'approcher. Il était perdu, mal à l'aise, un colosse en sucre.

Il faisait froid dehors parce que j'étais sans cheveux.

Edmond m'a pris la main sans me regarder, j'ai sursauté, poils dressés, feu dans mon ventre, nausée. Ne pas me laisser envahir, tenir. J'ai gardé ma main dans la sienne jusqu'à la voiture. J'ai tremblé tout au long du trajet, je fixais les voitures, je le cherchais partout pour être sûre qu'il n'y était pas.

— Ne t'inquiète pas. Il n'est pas là. Tu ne le verras plus, je te le jure.

Je me suis laissée aller dans le siège, persuadée qu'il me disait ça pour me rassurer. Ma tête s'est inclinée en direction de la vitre, j'ai continué à le chercher.

Charles

Dans l'ambulance qui me ramenait chez moi, le paysage défilait sans que j'y prête attention. Je pensais à ma fille qui avait pris ma place à l'hôpital depuis la veille. Même au moment de partir, je n'avais pas pu lui rendre visite. Après ce qui lui était arrivé, je n'avais plus le droit de l'approcher.

Pas tout de suite du moins.

Un vrai supplice.

Si mon esprit était torturé, mon corps, lui, semblait pourtant revigoré. Une énergie nouvelle l'avait envahi à l'annonce de ce qui était arrivé à ma fille. Peut-être de la rage, l'envie de la venger, de lutter contre l'injustice de ce qui lui était arrivé. Edmond m'avait dit qu'il avait fait ce qu'il fallait et j'avais confiance en lui, mais je n'avais pas cherché à éteindre la flamme qui paraissait me consolider.

Impossible de m'éloigner du téléphone. J'espérais sans cesse qu'elle m'appellerait. Je rêvais de l'avoir au bout du fil, et parfois, il m'arrivait même de l'entendre et je croyais la sentir là, toute proche, comme avant. Et puis, je revenais à la réalité, doucement, et j'apprenais à accepter ce qui s'était passé.

Il m'arrivait aussi de penser que c'était mieux ainsi. Aurais-je eu les mots pour la réconforter ? J'en doute, c'est tellement difficile d'appréhender un traumatisme qui ne se voit pas. J'aurais certainement joué la carte du déni, rappelé nos vieux souvenirs, nos joies d'autrefois et insisté sur sa chance d'avoir encore ses filles et son mari indemnes à ses côtés. Et j'aurais conclu la main devant la bouche, honteux, désarmé, car personne n'était plus indemne désormais.

Il m'a fallu plusieurs semaines pour réaliser qu'avec Katia, on s'était vus souvent à partir de ce vendredi-là. Je crois que Charles mon compagnon lui avait tout raconté, elle ne m'en a jamais parlé, mais m'a proposé de garder ensemble mes petites-filles le soir après l'école. Elle les aiderait volontiers à faire leurs devoirs. J'ai accepté sans réfléchir, persuadé que cette rencontre m'avait permis de tenir debout et surtout, de supporter l'éloignement de ma fille.

Rentrée chez elle pour les vacances de Noël, Katia m'a régulièrement envoyé des cartes postales de Camargue : les salines, les flamants roses, l'étang de Vaccarès, la croix de Camargue en fleur de sel, un aperçu d'Aigues-Mortes et des Saintes-Maries-de-la-Mer… Toute une enfilade de paysages qui me donnait envie d'aller voir ailleurs pour la première fois de ma vie.

Un matin, par hasard, je suis tombé sur le livre d'André Gorz dédié à Dorine. La couverture, une fois encore, m'a sauté aux yeux, la photo en noir et blanc de leur danse. J'ai réalisé qu'à l'exception de ce petit livre, je n'avais rien lu de lui. Je ne savais même pas ce qui se cachait derrière cet homme qui avait écrit une longue lettre d'amour à sa femme avant de choisir, en accord avec elle, de mourir.

Je me suis senti bête et j'ai pensé à Laurence et à son rêve. Je me suis dit qu'on était sans doute un peu tous pareils. À poursuivre des idéaux sans savoir d'où ils viennent.

Après les vacances, le flot des cartes postales a cessé et Katia est revenue chez sa sœur. Pour me voir cette fois. Elle ne s'en est pas cachée.

Elle m'a demandé ce que j'en pensais.

Rien ne pouvait me faire plus plaisir, d'autant que je n'avais toujours pas revu Laurence et cela en dépit des fêtes. Impossible pour elle de s'approcher de moi. Katia savait maintenant, officiellement, et nous en parlions parfois.

— C'est à cause de la honte, me disait-elle, ça passera…

— Mais quelle honte ?

Je ne comprenais pas. Elle m'expliquait avec ses mots de femme qui a traversé la vie et perdu son accent sans que j'en sache encore les raisons. Elle m'expliquait le choc post-traumatique, la peur qui envahit le corps, l'image de l'agresseur qui s'imprime partout, même sur les êtres les plus proches, le transfert, l'angoisse qui trouble toutes les émotions, le dérèglement total qui cloue au sol pendant des mois entiers. Je n'avais d'autre choix que d'accepter.

Elle m'a invité chez elle, avec mes petites-filles. Elle avait toute la place pour nous accueillir. C'était trop tôt pour moi, Laurence traversait une épreuve et je ne voulais pas la priver de ses enfants. Je n'osais l'avouer à Katia, mais je n'avais pas le courage de dire à ma fille que j'avais retrouvé l'amour le jour du drame et que, pendant qu'elle sombrait dans l'angoisse, je remontais à la surface.

Un jour enfin, en février, je crois, Laurence m'a appelé. Elle ne m'a pas beaucoup parlé. Juste quelques mots, quelques secondes volées au silence de ces derniers mois. En entendant sa voix, j'ai senti mes poumons s'ouvrir et mon cœur se dilater. J'ai senti à quel point elle m'avait manqué. Ensuite, je l'ai eue plus souvent au téléphone, je la laissais m'appeler. Je savais ce que je pouvais représenter à ses yeux, grâce à Katia qui m'expliquait. Sans elle, je n'aurais peut-être pas compris les rouages insidieux d'une telle souffrance, j'aurais sûrement, une fois de plus, fermé les yeux pour laisser passer la tempête.

Quand j'ai montré mes aquarelles à Katia, elle les a trouvées mignonnes et je me suis vexé. J'espérais quand même qu'elle en rajouterait un peu, mais ce n'était pas dans son tempérament. Comme sa sœur aînée, Katia a un gros caractère, impossible de lui faire prendre des vessies pour des lanternes.

Ma déception ne lui a pas échappé.

Elle ne s'en est pas émue, bien au contraire. Elle a déclaré que j'étais trop coincé à force de vouloir représenter la réalité telle qu'elle était.

— Quand tu viendras chez moi, tu comprendras. Il faut contempler les salines pour apprendre à regarder et sentir que la nature vibre constamment. Ce n'est pas une succession de couches figées, un paysage est au-delà de cela, plus tortueux que les contours noirs que tu rajoutes, la main tremblante, autour de tes montagnes.

La maladresse de mes aquarelles m'a sauté aux yeux, je me suis dépêché de les ranger, triste de penser que Christiane les adorait.

Depuis la fin de l'hiver, Katia a pris l'habitude de venir une semaine sur deux. Elle dort chez moi maintenant, Julie et Annie ne le savent pas, Laurence non plus. Aux filles j'ai d'abord parlé de Katia pour leur mettre l'eau à la bouche. Julie a absolument voulu la connaître quand elle a su qu'elle écrivait des romans. Annie a plutôt demandé si elle ressemblait à Ewa. Pour les bijoux, le maquillage, les joues roses et tout le reste…

— Tu verras bien, c'est une surprise, tu apprendras à la connaître, on ne juge pas les gens sur les apparences de toute façon.

Comme prévu, Julie a adoré Katia et contre toute attente, Annie l'a trouvée encore plus belle que Ewa. Pas de joli accent pourtant, pas de maquillage à gogo, juste un léger trait de crayon et un peu de mascara, comme ça.

« La classe ! » dans le langage d'Annie.

Pas de rouge à lèvres non plus « parce qu'elle l'avale tout de suite, donc c'est inutile », selon une confession faite à Annie dans le secret de la cuisine et qui m'a été répétée.

Les filles ont bien accepté Katia, surtout quand elles ont compris qu'elles auraient toujours le droit d'aller jouer à l'étage et de se déguiser dans la chambre de leur mamie.

Katia n'intervient jamais dans nos habitudes, Annie peut regarder la télé autant qu'elle veut et Julie lire tant qu'il lui plaît. Chacun fait sa vie à sa guise. On commence toujours par prendre le thé, mais il n'y a plus de biscuits en sachets. Katia prépare le goûter depuis qu'elle habite ici. Elle fait des fondants au chocolat, des madeleines, des petits cakes aux fruits et Julie a retrouvé l'appétit.

Pour ma fille, c'est compliqué. Je le sens bien quand je l'ai enfin au bout du fil. Elle ne me parle pas beaucoup, c'est pour cela, je crois, qu'elle demande à Edmond de m'appeler, parce que c'est lui qui me dit la vérité. Il faudrait qu'elle puisse parler, évacuer, s'occuper d'elle, vraiment, pour se reconstruire, mais elle refuse de se mettre en arrêt. Je sens bien que Edmond est inquiet, surtout depuis que Laurence a perdu le sommeil.

Les problèmes ont commencé ainsi pour Anne, elle a cessé de dormir, l'angoisse a pris toute la place et elle est tombée malade. Je ne peux pas m'empêcher de faire le lien, j'ai peur que le drame se répète et que Laurence baisse les bras, comme sa mère. Edmond y pense aussi, il connaît bien l'histoire familiale.

À part moi, il n'a personne à qui se confier, si ce n'est à ses collègues, mais j'imagine que sur les chantiers, ils ont d'autres chats à fouetter. Il n'a de toute façon jamais beaucoup parlé, mais je sais qu'il fait le point avec ses filles de temps en temps. Julie dit qu'ils en parlent en sortant de la piscine, tous les dimanches. Elle a jugé utile de me préciser qu'elle mangeait des Mentos maintenant parce que cela ne lui donnait plus mal au ventre. Je me suis réjoui.

Laurence a refusé de porter plainte, Katia la comprend, mais n'aurait pas fait comme elle. Elle pense qu'on ne peut pas laisser les coupables impunis. Je me garde bien de lui dire que Edmond est passé par là, ça, elle ne le comprendrait peut-être pas.

Laurence

Des mois plus tard, je le cherchais encore, le feu au ventre. Je le cherchais comme s'il m'était devenu indispensable, je rêvais qu'il recommençait, je rêvais que je le tuais de mes propres mains.

Je ne dormais plus, il était omniprésent.

La journée, je refusais d'en parler. Je voulais que tout soit comme avant.

Si certains ont parfois tourné la tête en me voyant, au début du moins, après les gens sont passés à autre chose. J'ai compris qu'on me respectait assez pour me laisser en paix. Même Thérèse, la voisine, a cessé de m'épier ouvertement.

À l'hôpital, j'ai demandé à être transférée en pédiatrie, en service de nuit pour éviter les conversations avec les parents et les visites impromptues. La responsable a fait le nécessaire pour m'arranger immédiatement. La journée, je pouvais m'enfermer pendant que les filles étaient à l'école. Edmond s'occupait de les emmener et de les ramener, toujours à la même heure, pour ne pas me surprendre. Le moindre bruit m'affolait et la sonnette me recroquevillait au sol. Je laissais toujours les volets fermés, et pourtant, j'avais l'impression qu'un regard me suivait constamment, un regard féroce qui n'en finissait pas de me juger et de passer au crible mes moindres pensées.

Personne ne pouvait plus m'approcher, pas même mon père. Pour les filles, je faisais comme si de rien n'était, mais pour Edmond…

Soudain l'ombre de moi-même, je vivais prisonnière de ce matin de trop et il m'a fallu des mois pour comprendre que, malgré les apparences et mes cheveux qui déjà repoussaient, de moi, plus rien ne restait.

Vers la mi-janvier, alors que la neige se transformait en glace, Edmond est rentré à l'improviste pour récupérer en vitesse un outil. Dans l'empressement, il a oublié de me prévenir et en entendant la porte s'ouvrir, je me suis précipitée sous la table de la cuisine, repliée sur moi-même comme un poussin dans son œuf.

Edmond a trouvé les mots pour me rassurer. Il a pris le temps. L'autre ne reviendrait pas, ne reviendrait jamais, mais si je voulais, on pouvait aller vivre ailleurs, le temps qu'il faudrait, pour m'aider à remonter la pente. La forêt était toute proche, chaque bruit m'y ramenait, on serait peut-être mieux en ville, dans un appartement, bien entourés.

La colère m'a envahie d'un coup. Pourquoi devrions-nous partir, nous qui vivions ici depuis des années dans la maison que Edmond avait retapée de la cave au grenier et dont j'avais repeint les murs ? Pourquoi faudrait-il priver les filles de la piscine, de leurs chambres et de leurs habitudes parce qu'un détraqué m'avait violée par un triste matin d'octobre ?

Là, j'ai pensé à Thérèse. Elle avait appelé Edmond et elle surveillait encore, elle surveillerait toujours.

Cette certitude m'a calmée.

Patiemment, Edmond a réussi à me sortir de ma tanière pour me soulever dans ses bras jusqu'au canapé.

Je ne l'ai pas repoussé, mais déménager, il ne fallait plus m'en parler.

Cathy

On avait déménagé souvent, subitement, je ne m'étais jamais posé de questions, il me faisait de beaux cadeaux, me parlait de promotions, j'étais fière de lui, vraiment. Je ne me mêlais pas de ses affaires. On avait tout pour être heureux. Bien sûr, je savais qu'il avait eu une enfance difficile, mais je ne pensais pas qu'il pouvait être plus violent qu'avec moi. Je n'imaginais pas qu'il irait plus loin qu'une gifle, comme ça, par-ci par-là.

Il était si doux, si beau, toujours adorable aux yeux des autres. C'est grâce à ça qu'on avait pu faire construire ici et rester, parce qu'il avait plu aux gens du coin, à la mère de Vivi surtout. Elle répétait tout le temps qu'elle aurait rêvé d'un gendre comme lui si elle avait eu une fille. Heureusement, elle a eu Vivi !

J'ai cherché, fouillé dans ma mémoire, traqué des indices que j'aurais naïvement négligés, mais rien, jamais un mot ou une attitude de travers avec les gens, impeccable avec Clément et Justine.

La forêt… J'ai pensé aux enfants avec lui dans la forêt, j'ai imaginé le pire. Ma peau s'est mise à me piquer comme si une gigantesque araignée était venue s'y agripper.

J'ai paniqué. J'ai fouillé la chambre, les tiroirs, tous les tiroirs, les papiers, l'ordinateur. Je n'ai rien trouvé.

Pas de trace d'un violeur dans ma maison et pourtant, j'étais sûre que l'homme qui était venu lui régler son compte avait dit la vérité.

Pauvre conne !

On faisait l'amour pourtant, régulièrement.

On aimait ça lui et moi. Il m'avait bien dit qu'entre ses parents, c'était la guerre, sa mère hurlait, il ne voulait pas de ça entre nous, jamais. Alors il l'avait fait à d'autres, pour me protéger. J'ai pensé à la femme de cet homme démoli devant moi, j'avais envie d'aller la voir, de m'agenouiller à ses pieds, de l'implorer de me pardonner de n'avoir pas su réfréner les instincts de mon mari.

Je suis restée sans nouvelles de lui les jours qui ont suivi. J'ai rêvé d'elle toutes les nuits.

J'ai posé des questions à la voisine qui est née ici. Elle m'a raconté la vie de Laurence, dans les grandes lignes. Une femme sympa, toute simple, sans histoires, infirmière, deux filles, un mari maçon et un père malade, veuf depuis longtemps. Des gens bien, respectés, discrets.

Je me suis livrée à Célia, elle avait gardé les enfants le soir du drame pendant que je pleurais toutes les larmes de mon corps avachie comme une loque sur mon canapé, les volets grands ouverts. Comme c'était le week-end le lendemain, j'ai appelé ma mère et elle est venue s'occuper de ses petits-enfants à la maison pendant que je me suis réfugiée chez la voisine.

Je ne faisais que pleurer.

J'ai pensé à mes mensonges et je me suis sentie coupable. Moi aussi j'avais mes secrets avec la voisine, sauf que dans mon cas, ce n'était pas pour détruire.

Célia avait un métier, elle, mais n'en était pas très satisfaite. Elle me disait : « Aide-maternelle, c'est précaire et ça paye pas. J'aurais bien voulu travailler dans le commerce, mais il faut des diplômes et je ne les ai pas.

— T'as qu'à les passer !

— Tu rigoles ou quoi ?

— On peut les passer ensemble si tu veux. Il y a des cours par correspondance, on travaillera en binôme, mais faudra pas le dire à Claude. »

J'ai repensé à ce que j'avais demandé à Célia, garder ce secret pour que mon mari ne soupçonne pas que j'avais envie, moi aussi, d'en avoir un peu dans la tête.

On a tenté notre chance et on s'est mises à étudier. Célia s'est inscrite au cours, a tout acheté, moi je ne pouvais pas laisser de traces. Elle le savait, ma présence à ses côtés suffisait. On se retrouvait tous les après-midi pendant la sieste des petits pour réviser. Le week-end, je faisais croire que j'étais invitée à boire le thé pendant que Claude emmenait les enfants aux champignons.

Une mécanique bien huilée au fond.

Il n'y a vu que du feu. Je ne sais pas combien de temps cela aurait pu durer, à cause des examens à passer, mais je me disais que d'ici là, je trouverais sûrement une excuse ou que, par chance, la banque lui programmerait un déplacement.

Plus besoin d'excuse maintenant. Il est parti, personne ne sait où.

J'ai appelé sa directrice à la banque, il n'y est pas retourné. Tout le monde se demande où il est passé.

Il paraît qu'il y a des gens qui disparaissent et qu'on ne retrouve jamais. Du jour au lendemain, ils s'éclipsent et les autres restent là à se poser des questions.

En attendant, moi je suis bloquée. L'avis de recherche est déclenché, mais il faudra des mois pour que je reprenne le contrôle de tout ce que nous possédons ensemble s'il ne revient pas.

Dans les premiers temps, j'ai souvent éprouvé le besoin d'aller revoir le mari de cette femme. Il n'habite pas loin. Je ne l'ai pas fait. Je voulais le remercier, mais ce n'était pas possible. On ne remercie pas celui qui vous annonce que votre mari est un violeur et qui, par la même occasion, fait voler votre famille en éclats.

Je ne lui en veux pas. Pas à lui.

Maman a gardé les enfants, j'ai retrouvé mes esprits, si on peut dire.

Avec Célia, on a réfléchi, on a mis son mari dans la confidence. Il n'a pas eu l'air étonné, Célia m'a confié plus tard qu'il n'avait jamais apprécié Claude. Il ne le sentait pas. J'avais besoin de soutien, ils ne m'ont pas tourné le dos. Je ne pensais plus qu'aux enfants, à l'école du village où tout se savait. Heureusement qu'ils n'étaient pas dans la même classe que ses filles à elle. J'avais dû la croiser à l'école, au portail sans doute, sans savoir qui elle était. Je n'osais plus y aller. Peur de tomber sur elle sans la reconnaître. J'avais honte alors que je n'y étais pour rien, mais j'avais honte quand même d'avoir partagé la vie de l'homme qui lui avait fait ça.

Jamais je n'ai douté des paroles de cet inconnu sorti de nulle part pour m'annoncer la catastrophe. L'attitude de mon mari n'a fait que confirmer.

Aux enfants, j'ai dit la vérité. C'est ce qu'on avait décidé avec Célia et son mari. On a pensé que c'était la seule solution pour qu'ils puissent se construire sans devenir comme lui.

J'ai dit pourquoi papa était parti et pourquoi il ne reviendrait pas.

J'ai dit avec des images et des mots d'enfants, comme j'ai pu.

Ils ont juste compris que leur papa avait disparu.

Je savais que j'aurais à expliquer cela souvent quand ils grandiraient et que Claude ne serait pas là pour se justifier.

Je savais qu'il faudrait vivre avec. Moi, seule avec mes deux enfants, et notre vie à reconstruire.

Célia m'a bien aidée je dois dire. Elle m'a trouvé des ménages, j'ai mis la maison en location et je me suis installée chez ma mère, en ville. J'ai changé les enfants d'école. Je continue à réviser tous les jours, après les ménages, pour passer les examens dans quelques semaines.

Quand j'ai eu le courage de raconter ce qui s'était passé à ma mère, elle a tout de suite pensé aux enfants, pas à moi, et je me suis sentie abandonnée, mais j'ai vite compris, je suis mère aussi.

Les enfants passent toujours en priorité et c'est bien normal, les adultes sont censés être armés pour résister à tout. Elle ne m'a pas jugée, j'ai eu de la chance. Je ne sais pas si j'aurais été capable d'une telle clémence. Je pensais que ça se voyait ces choses-là, je pensais que derrière un violeur, il y avait toujours une femme pour fermer les yeux.

Elle m'a recueillie, j'ai repris ma chambre de jeune fille. Un choc. Mes enfants dorment dans la même chambre, celle de mon grand frère qui tient un garage auto dans la zone industrielle.

À lui aussi, il a fallu expliquer. Maman s'en est chargée.

Elle ne m'a pas caché sa réaction, surtout celle de sa femme qui craignait pour ses enfants, mais maman a réussi à les convaincre que Claude était certes un criminel, mais pas un pédophile, et comme leurs enfants sont en pleine forme, ils ont mis leurs doutes de côté.

J'ai eu affaire à la police pour signaler la disparition. Ils m'ont interrogée, j'ai déposé plainte contre mon mari, j'ai dit ce que je savais. Pour protéger mes enfants d'abord et moi ensuite. Pour protéger les autres aussi et me faire pardonner à ma façon. Je ne pouvais pas faire autrement.

Ils le recherchent depuis plusieurs mois, en vain. Ils ont retrouvé le monospace abandonné sur le parking d'une aire d'autoroute.

Rien à l'intérieur pour ses enfants. Pas une lettre, pas un adieu, pas un regret. Un homme évaporé.

J'ai presque regretté. Personne sur qui me défouler.

Les enfants posent des questions, tout le temps. Ils me font parfois pleurer, je suis obligée de leur expliquer pourquoi je pleure devant eux. Je ne veux pas leur cacher la vérité. Je dis que papa a fait du mal à une dame comme le loup a fait du mal au Petit Chaperon Rouge dans la forêt.

— Le chasseur l'a tué alors ? demande ma petite Justine affolée.

— Disons que le loup s'est enfui et que personne ne l'a jamais retrouvé.

— Mais c'est pas bien ce qu'il a fait alors ! s'indigne mon petit garçon fâché.

Et moi, j'essaie de rester une mère au lieu de fondre en pleurs.

Dans ces cas-là, maman sort le jeu de cartes et on passe à autre chose.

Il m'a fallu longtemps pour admettre que mon mari m'avait abandonnée. D'abord, je ne l'ai pas pris pour moi. Je me suis dit qu'il s'était évadé pour ne pas se faire arrêter, qu'il n'avait pas assumé. J'ai senti la solitude m'envahir à mesure que les soirées passaient sans entendre mon iPphone sonner. Je me disais parfois qu'il trouverait un moyen de m'appeler sans se faire repérer. Au moins pour me dire que tout allait bien, qu'il était loin et qu'il ne reviendrait jamais. Au moins pour prendre des nouvelles de ses enfants. Et puis je me souvenais que j'avais porté plainte contre lui et que j'étais dans une situation pas possible parce qu'il s'était barré au lieu d'assumer, me condamnant à retourner chez ma mère.

Un matin, vers la fin janvier, j'ai décidé de mettre mes enfants en sécurité, et moi aussi. Je suis descendue en ville et j'ai fait changer les numéros de mes lignes téléphoniques. Je n'ai pas dormi la nuit précédente ni celle qui a suivi, mais ensuite, j'ai eu l'impression que ma vie allait enfin pouvoir continuer.

Jérôme

L'affaire suit son cours…

La plainte de Cathy a relancé l'enquête si bien qu'avec l'investigation on travaille main dans la main. Comme j'étais sur place le jour du drame, mon chef m'a filé le dossier. Quand il a vu que je m'en sortais bien, je lui ai fait part de mon projet d'évolution de carrière et il a applaudi des deux mains. Je pouvais compter sur lui, il allait m'appuyer pour que je suive une formation afin d'obtenir le concours. En attendant, j'ai participé aux recherches, aux perquisitions, aux fouilles et même aux interrogatoires. Tous les voisins y sont passés, Vivi aussi et Cathy a fait tout ce qu'elle pouvait pour nous aider, mais elle ne savait pas grand-chose de son mari en définitive, alors elle comblait les blancs en répétant ses excuses.

J'ai remarqué qu'elle baissait souvent les yeux. De honte, évidemment. Elle n'y était pour rien cependant.

En décembre, on a identifié le malin qui s'amusait à saccager la clôture de Vivien. Il n'avait pas récidivé, il savait qu'on était sur le coup, mais son gant laissé sur place et ses empreintes de roues nous ont mené tout droit vers lui. C'était effectivement le maquignon qui lorgnait sur les terres de Vivien. Il a aligné un gros chèque, pour étouffer l'affaire. Vivi a fini par l'accepter. Ce n'était pas son genre, mais il préférait cela à une longue procédure judiciaire. Le vandale s'en est tiré à bon compte et la plainte a été retirée. Affaire classée.

Avec Camille, au contraire, ça n'a pas été facile. Après notre conversation sur mon projet de reconversion, on a essayé de trouver quelques jours en commun pour prendre des vacances. Malgré notre agenda partagé sur notre portable, c'était un vrai casse-tête. Camille a ironisé sur mes nouvelles aspirations : « Si on voulait arrêter de se voir, c'est exactement ce qu'il nous fallait ! » J'ai bien compris que le mot *investigation* lui donnait de l'urticaire et qu'elle n'était pas prête, mais je me suis promis de ne pas renoncer pour autant.

Le climat s'est tendu dans les semaines suivantes et les fêtes de fin d'année n'ont rien arrangé. Une fois encore, on était décalés. J'ai senti que notre couple n'allait pas tarder à voler en éclats si l'on ne trouvait pas rapidement un moyen de se mettre d'accord sur tout ça. À force de se croiser entre deux portes, on a perdu l'habitude de se parler. On aurait dit que le sort s'acharnait sur nous et que la vie faisait tout pour nous séparer.

Vers la fin de janvier, j'ai profité d'un petit-déjeuner pour aborder de nouveau le sujet, calmement. Camille avait réfléchi de son côté aussi, elle trouvait que le moment était venu de mettre cartes sur table pour prendre un nouveau départ.

Elle me croyait invincible avec mon uniforme et me savait en sécurité à la brigade, mais enquêteur, c'était différent. Il fallait savoir se faire discret, s'infiltrer dans les réseaux. Certes je serais toujours armé, mais en civil. Et sur le pied de guerre, de jour comme de nuit.

Comment faire des enfants dans ces conditions ? Elle a pris l'exemple des thrillers qu'elle lisait à l'occasion, où le flic bourru, toujours flanqué d'un acolyte au nom ridicule, laissait femme et enfants en plan les jours de Noël et d'anniversaire.

J'ai attendu avant de lui dire que tout cela était un peu exagéré. J'ai préféré la laisser parler. Elle en avait gros sur le cœur et je ne voulais pas la contredire, mais je m'y voyais, moi.

Je me projetais à la PJ, comme lieutenant de police, aux enquêtes d'abord puis à l'encadrement des unités spéciales avant de devenir un jour commissaire. J'avais tout ce qu'il fallait pour y arriver, l'âge requis, une condition physique béton et beaucoup de motivation, mais Camille, malgré son indépendance, n'avait pas envisagé notre vie sous cet angle-là.

Il m'était arrivé de l'inciter à changer de service à une époque où les nuits de douze heures lui donnaient de petits yeux et la faisaient pester. Elle n'avait pas de vie, pas de temps, rien. Elle voyait tout en noir. Réveil à treize heures, sieste à seize et rebelote à dix-neuf heures, mais il y avait les lettres des parents, les boîtes de chocolat et les dragées, autant de petites attentions qui lui avaient permis de s'habituer. Sans compter que Camille avait besoin de gérer du lourd et de flirter avec le danger plutôt que de former des stagiaires toujours trop lents à son goût. Infirmière comme Laurence, elle n'aurait pas pu. Il fallait se faire une raison et accepter les inconvénients du métier. On a fini par s'adapter. On s'adaptera pour moi aussi et on aura des enfants comme prévu.

Les rêves et les super-héros, c'était derrière moi. Je me sentais adulte, sûr de mes choix, prêt à les assumer et je pense que c'est ce qui a permis à Camille de me faire confiance et de me laisser m'embarquer dans cette nouvelle vie.

Au fil du temps, les séances d'entraînement avec Axel se sont espacées. Je suivais ses parcours sur notre appli de course, mais je ne lui emboîtais plus forcément le pas.

Parfois, je me surprenais encore à surveiller le lotissement d'en face.

On avait beau me dire que la maison était vide et qu'elle attendait d'être louée, je ne pouvais pas m'empêcher de guetter. J'étais persuadé que le coupable finirait bien par revenir rôder par là.

On a toujours quelque chose à récupérer quand on part en quatrième vitesse sans demander son reste, mais le type avait bien prévu son coup. Un vrai fantôme.

Je revois souvent l'image de cette femme devant la ferme.

Cette image-là exactement.

Comme une bête égarée.

Parfois j'imagine Camille à sa place et je me sens vraiment indispensable dans un commissariat de police.

Quand je pense que cette femme voulait aller à Valparaíso…

Elle sortait à peine des bois et je l'entendais demander l'impossible à son mari, l'incongru, l'impensable, le rêve au lieu de la réalité.

Je ne sais plus ce qu'il avait répondu. Je ne vois que son visage à elle, je n'entends que ses mots.

Une bombe dans mon oreille.

« Emmène-moi à Valparaíso. »

C'étaient les premiers mots que j'avais entendus de sa bouche. Elle tremblait et c'est comme si j'avais vu mon reflet dans son regard.

Détresse, prière.

Pour d'autres motifs qu'elle, je voulais partir, mais il me fallait la goutte de trop, le déclencheur. Une raison de pousser la porte pour m'envoler, sans cape, vers d'autres horizons.

Avant que je mentionne l'investigation, Camille trouvait normal que j'aie souvent besoin de changement. Elle m'avait connu au moto-cross avant d'en venir à la course à pied, à la natation, au vélo et au ski sous toutes ses formes. Encore un peu et je me retrouvais avec l'homme de fer des Ironmans tatoué sur mon mollet... J'ai d'autres ambitions pour moi aujourd'hui. J'ai enfin compris que mes choix n'ont pas besoin d'être inscrits en lettres d'or dans un *Comics* pour avoir de la valeur. Grâce à Laurence, j'ai admis que les êtres exceptionnels n'existent pas dans la vraie vie.

Encore que...

Cette femme et son idée de voyage au lieu de porter plainte...

Je m'en inspire.

Aux premiers jours du printemps, Camille a rencontré Cathy au supermarché. Elles se sont retrouvées nez à nez au rayon des produits de beauté. Il n'y avait pas grand monde, elles se sont parlé.

C'est Cathy qui a engagé la conversation. « Pardon » a été son premier mot, comme au commissariat. Camille a sans doute répondu qu'elle n'y était pour rien, mais elle ne savait plus, trop émue, sans doute.

Pas un mot sur le banquier, à une exception près.

« Et dire que je n'ai pas le droit de vendre la maison. Je peux juste la louer, elle ne m'appartient qu'à moitié et on ne l'a pas retrouvé. Vous savez ? Je suis coincée. »

Je crois que Camille a eu pitié, elle a demandé pour les enfants.

Cathy leur a dit la vérité, enfin pas vraiment, dans les grandes lignes seulement. C'est à ce moment-là qu'elle s'est mise à pleurer.

Camille l'a consolée. Elle sait s'y prendre, elle a l'habitude avec les mamans tristes à qui elle redonne espoir en disant qu'elle aussi, elle a été un bébé prématuré, qu'elle aussi elle aurait dû mourir à la naissance, mais qu'elle est toujours là. Pas mal comme résultat ?

Cathy avait de nouveaux projets pour reconstruire sa vie. Elle avait vendu la Mini Cooper, et les bijoux aussi, ça au moins, elle pouvait sans lui.

Pour résumer, a conclu Camille, Cathy n'était pas du tout comme on l'imaginait, pas tape-à-l'œil pour un sou en réalité.

Je me suis demandé si c'était la conséquence de ce qui lui était arrivé ou si elle avait été cataloguée ainsi parce qu'elle roulait toujours dans la dernière voiture à la mode.

Et puis, au moment de changer de sujet, Camille s'est glissée dans mes bras pour me dire qu'elle était désolée. C'était grâce à des gens comme moi que cette femme pourrait vendre sa maison et mettre ses enfants à l'abri du besoin. C'était grâce à des gens comme moi que les femmes pouvaient espérer courir, à peu près tranquilles, dans les bois.

Elle m'a dit :

— Vas-y, fonce, on s'arrangera. On fondera une super-famille malgré nos boulots de dingues. On y arrivera !

J'étais ému comme jamais, heureux et soulagé. J'ai fait des galettes sur le pouce et on a passé la soirée à regarder nos photos, serrés l'un contre l'autre sur notre canapé.

La pression est retombée et, pour la première fois depuis des semaines, j'ai eu l'impression que Laurence me laissait tranquille, ou du moins, que j'avais le droit de l'oublier un peu.

Quelque temps plus tard, je me suis retrouvé une nouvelle fois par hasard aux abords de sa maison, en courant, à mon rythme, sans montre et sans objectifs.

J'ai entendu ses enfants s'amuser dans le jardin, je suis passé au ralenti, le rideau de la maison d'en face n'a pas manqué de se resserrer brusquement avec de gros yeux menaçants pour me faire fuir.

C'est pas plus mal, je me suis dit, c'est pas plus mal pour ces petites.

Et puis j'ai décidé que j'allais changer de circuit.

Le lendemain, je me suis pointé à l'improviste chez mon pote Axel pour lui résumer les avancées des dernières semaines et justifier ma désertion. Il m'a donné une tape dans le dos, fier de moi, avant de se volatiliser pour revenir quelques minutes plus tard, une tondeuse à la main.

— Allez, viens mon coco, je vais te faire la boule à zéro ! Ta nouvelle vie mérite bien ça !

Il m'a installé sur un tabouret et a enclenché son engin.

— Allez, comme au bon vieux temps…

C'était une histoire entre hommes, notre code, notre façon de dire : nouveau départ, mais on reste unis.

Mes boucles sont tombées au sol, Axel les a ramassées et les a mises au feu, dans la cheminée.

Après, j'ai fait pareil pour lui. L'Ironman était dans quelques semaines et, même sans moi, il comptait bien franchir la ligne d'arrivée dans les premiers.

Julie

Je ne pleure plus en quittant maman. Annie et moi, on monte dans le fourgon avec les vrais couteaux au fond de nos sacs en riant sous cape.

Papa m'aide à descendre et ma sœur prend ma place contre la fenêtre en me jetant un clin d'œil. Il ne me lâche pas des yeux tant que je ne passe pas le portail, plus d'arrêt de bus, le couteau à la place du nounours.

Annie me dit qu'il fait pareil à l'école. Pire, il l'emmène chaque jour dans la cour et lui demande même de lui donner la main.

La honte de sa vie !

Quand maman est partie pendant une semaine, papa était là, papy est même sorti de l'hôpital, le lendemain je crois, et on a eu le droit d'aller le voir chez lui. J'ai pris des livres dans la bibliothèque, j'avais déjà fini *Matilda*, ça m'avait plu, mais je ne l'avais pas conseillé à Annie, j'avais bien compris qu'elle avait autre chose à faire de sa vie.

Chez papy, Annie regarde la télé, il n'y voit pas d'inconvénient et lui passe tout, comme papa. Moi, je vais fouiller dans le secrétaire de mamie. Papy a tout laissé en l'état après sa mort, c'est la femme de ménage qui me l'a dit, en secret. Je fouille dans ses affaires et papy le sait.

Il y a des photos en noir et blanc de gens que je ne connais pas et dont maman refuse de parler. Il y a des stylos qui ne marchent (fonctionnent) plus, un coupe-papier avec un manche en ivoire, des petites feuilles découpées et des cahiers empilés, vierges, sans écritures, rien de la main de mamie que je n'ai jamais connue.

Je me suis dit qu'il était temps de faire quelque chose de tous ces cahiers blancs.

J'ai pris celui qui était en haut de la pile et j'ai écrit *Annie et Julie traquent le loup*. Ça faisait beau, comme un titre, au milieu de la page. Papy m'a appelée à ce moment-là pour le goûter, chocolat chaud, biscuits sablés en petites étoiles. Annie a demandé s'il avait du St Môret ou peut-être du Nutella pour décorer les étoiles.

— La prochaine fois, a répondu papy, avec un beau sourire.

Il ne quittait pas sa canne, alors on l'a aidé à tout ranger.

Après, on a fait un jeu de société et Annie lui a demandé, pour plaisanter, s'il s'était trouvé une fiancée à l'hôpital. D'habitude je lui aurais donné un coup de pied sous la table, par respect pour mamie, mais là, j'ai rigolé aussi.

Papy n'a pas dit non.

On a repris le jeu, Annie a essayé de tricher, comme toujours, papy a fermé les yeux, et moi, j'ai laissé faire en me disant que je pourrais toujours lui voler une petite pièce dans sa tirelire pour me venger.

Quand j'ai compris que maman n'était pas partie à cause de moi et qu'elle aurait besoin de beaucoup de temps pour redevenir comme avant, je me suis mise à manger un peu plus et mes maux de ventre se sont calmés. Annie se moquait moins de moi, et mangeait un peu moins. La nuit, on dormait ensemble, ça m'évitait les cauchemars. On en a profité pour mettre en place notre plan d'action. Annie a pu voir autant qu'elle voulait son feuilleton du soir, elle a reçu une tablette, moi un Robert et j'ai eu moins de ses punitions à faire.

Chez papy, j'ai continué à remplir les pages du cahier en haut de la pile. Les livres me regardaient faire, je n'avais même plus envie de les voler, en plus de ceux que papy m'avait déjà donnés. Annie se déguisait dans la chambre de mamie pendant que j'écrivais. Elle revenait en robe de mariée, en tenue de soirée, en combinaison avec une écharpe en vison sur la pointe de ses pieds nus. Je la décrivais dans mon livre, elle lisait, flattée, se prenant déjà pour une star.

J'inventais nos escapades dans la forêt, avec nos couteaux, nos godillots, nos manteaux en peau, de toute la peau des loups qu'on avait tués, à chacune de nos promenades. Petit à petit l'histoire a évolué… On avait besoin de rigoler pour oublier le loup et toutes ses conséquences.

Maman est revenue depuis longtemps à la maison, elle a repris le travail, papa aussi. On ne parle plus du petit souci, mais on passe toutes les fins d'après-midi chez papy. Comme ma sœur n'a plus de punitions, je gagne du temps pour écrire. Annie se déguise, joue la comédie, j'écris sur les cahiers qui racontent ses péripéties toujours plus délirantes.

Un soir, à notre arrivée chez papy, il y avait deux tasses de thé sur la table de la salle à manger. Papy a ouvert la porte, nous a embrassées sur le front, il fait toujours comme ça (je ne dis plus « cela » depuis le secret de maman, pas besoin de mots trop longs pour se défendre) et il nous a présenté Katia.

Annie a ouvert des yeux ronds comme des soleils, cette femme était encore plus jolie que sa sœur Ewa, déjà très belle. Après, c'est moi qui ai ouvert mes ailes, quand papy m'a appris qu'elle écrivait des romans. Je lui ai demandé si elle connaissait Marguerite Duras, l'auteure préférée de ma prof de français.

Évidemment, elle la connaissait, une grande romancière...

Et j'ai pensé à *La Douleur* que maman avait abandonné au salon. Je me suis dit qu'avec Katia on pourrait peut-être en discuter.

On a promis de ne rien dire à nos parents, promis, juré, craché (en vrai), avant de dévorer des fondants au chocolat que Katia nous avait préparés pour changer des étoiles en sachet. On a fait une crapette et puis on s'est précipitées dans la bibliothèque. Annie a repris ses déguisements, on a mis un vieux disque qui grésille, j'ai sorti le troisième cahier et on a oublié de chasser le loup pour raconter une histoire d'amour.

Le soir, bien sûr, pendant le repas, Annie a tout balancé pour Katia. Je ne lui ai pas fait les gros yeux, j'ai juste dit que c'était un secret.

Papa et maman ont souri, promis, juré, craché (pas en vrai) qu'ils feraient comme si de rien n'était. On n'a pas regardé *Plus belle la vie*, Annie a dit que c'était débile, totalement périmé, valait mieux gagner des vies sur sa tablette dernier cri. Maman a laissé faire, elle a même abordé la question de nos anniversaires. Annie et moi n'avons qu'une semaine d'écart sur le calendrier, à deux années pile de différence.

Mes parents ont fait une drôle de tête quand Annie et moi avons réclamé d'une seule voix une carabine.

— Pour quoi faire ? a demandé papa.

— Pour tuer le taré qui a violé maman, a articulé Annie naturellement.

Je lui ai donné un coup de coude, c'était trop tard, maman était décomposée, papa catastrophé. On s'est carapatées dans le lit, toutes les deux dans le même, les couteaux sous le matelas, et on a laissé l'orage passer.

Papa est venu nous voir un peu plus tard pour nous assurer que le taré dont nous avions parlé ne reviendrait plus jamais, qu'il ne fallait pas avoir peur et continuer à vivre, comme avant, en faisant attention, car il faut toujours se mettre à l'abri dans la vie, mais pas avec une arme à feu. Il a ajouté que maman était désolée. On n'a pas compris pourquoi, c'était plutôt à nous de nous excuser, on ne pensait pas s'en tirer à si bon compte.

Avant d'éteindre la lumière, il nous a suggéré de réfléchir à une autre idée pour nos anniversaires, ce serait une belle fête...

On a réfléchi longtemps avec Annie pour trouver notre cadeau. On a pensé à de nouveaux déguisements, parce que les robes de mamie, on les connaissait par cœur, les chemises de nuit et les combinaisons aussi. D'ailleurs papy nous a demandé l'autorisation d'en faire don à une association. Il a dit que Katia venait souvent à la maison et que ce serait bien, maintenant, d'enlever les vêtements de mamie.

On a accepté.

Avant, pour ça, j'aurais pleuré toutes les larmes de mon corps et pendant des semaines. J'aurais hurlé qu'on ne pouvait pas rayer mamie de la carte comme ça, en donnant ses vêtements, nos déguisements, mes sources d'inspiration. Mais il y avait Katia maintenant, et maman qui pleurait souvent, comme si elle m'avait pris ma douleur quand je lui avais donné le roman, croyant la consoler.

Finalement, des semaines plus tard, on a dit que cette année, on n'avait pas d'idée.

— Même pas une trottinette ou un vélo ou une nouvelle tablette ?

— Ah, dans ce cas-là, si vous insistez, a dit Annie. On veut bien chacune un smartphone.

Papa a dit qu'on ne perdait pas le nord et maman a rigolé.

C'était mieux que la carabine !

Laurence

Quand Annie a réclamé une carabine pour son anniversaire, une douleur insoutenable m'a transpercé la tête.

C'est vrai que j'avais dû les laisser seules avec leur père pendant une semaine après l'agression, mais n'avais-je pas tout fait ensuite pour leur épargner le moindre tracas ? N'avais-je pas réussi à leur préparer chaque matin et chaque soir un bon repas ?

Là, c'était trop, trop d'efforts, trop de sacrifices, pour rien. La tragédie m'aspirait dans son tourbillon, mes filles étaient devenues de vrais petits soldats, par ma faute. Elles se promenaient avec des couteaux de cuisine et je n'avais rien dit. J'en avais vu un, puis l'autre sous le matelas, en faisant le lit de Julie dans lequel elles dormaient ensemble. Et dire qu'avant, Annie se croyait invincible avec son couteau en plastique dans son sac à fleurs. Je me doutais bien que les couteaux se retrouvaient dans leur sac la journée, à la place du nounours, mais je préférais me taire.

Bien sûr, mes horaires avaient changé depuis que j'avais demandé à travailler de nuit pour me protéger des rencontres imprévisibles. La nuit, aucun visiteur n'est admis à l'hôpital et j'aurais dû me sentir en sécurité, mais l'œil de la forêt continuait à me poursuivre, ma peau devenait électrique et mon cœur s'emballait. Je transpirais beaucoup, j'allais souvent me changer, boire de l'eau, beaucoup d'eau, j'avais soif à longueur de temps, mais j'avais perdu l'appétit. Je rentrais pour le petit-déjeuner des filles. J'avais même acheté du Nutella et des céréales au chocolat. Je laissais Annie manger autant qu'elle voulait et, contre toute attente, elle en est naturellement revenue au St Môret sur une tranche de pain frais. Quand je la regardais tremper sa tartine dans son jus d'orange, j'avais envie de pleurer, mais je me retenais. J'attendais que les filles partent à l'école avec leur père pour aller me coucher et me réfugier dans le sommeil.

J'ai tout fait pour oublier. Je ne voulais plus en parler, mais j'ai été obligée de changer mes habitudes. Travail de nuit, courses au drive, pas d'aller-retour à l'école de peur de me retrouver nez à nez avec la femme du taré. Il avait deux enfants, je les avais vus souvent dans la cour de récréation et leur mère aussi. J'ai continué à préparer les repas, mais ma peur de salir tournait à l'obsession si bien que je passais mon temps à récurer la maison. Après, je me sentais sale à mon tour et je me lavais trois fois par jour. Pour les mains, c'était sans limites. On aurait dit que chaque contact pouvait me souiller, y compris celui de la main d'Edmond.

Les nuits de libres que j'avais, je les passais sur le canapé. Impossible de dormir dans ma chambre, à côté d'Edmond. Quand l'une des filles descendait pour aller aux toilettes, je me faisais toute petite pour qu'elle ne me voie pas. Je retenais ma respiration, pourtant j'avais l'impression de sentir mon corps s'agrandir et se répandre dans toute la maison comme cela arrive à Alice dans le conte préféré d'Annie.

Pour Noël, on a fait pareil que d'habitude, mais sans mon père. Impossible pour moi de l'approcher, mon corps se mettait à trembler à cette idée. Je ne maîtrisais plus rien. Edmond lui a expliqué que je ne pouvais ni le voir ni l'appeler, j'étais vraiment désolée, mais… Papa a compris. Il pensait à moi, souvent. Pour combler le vide de mon absence, il s'est occupé de mes enfants.

Un soir, les filles ont lâché le morceau pour Katia. Papa avait longtemps été proche de Christiane, que les filles adoraient aussi, mais je ne pense pas qu'il y ait eu entre eux davantage qu'une profonde amitié. Ils se serraient les coudes, comme deux parents célibataires qui croient faire de leur mieux. Comme moi. Je croyais faire de mon mieux en faisant semblant. Au travail, j'avais toujours le sourire, comme avant, plus qu'avant même. J'avais quelque chose à cacher, à me faire pardonner, alors je devenais gentille, trop gentille et je demandais pardon sans raison.

Le soir de la carabine, je suis restée figée sur ma chaise. Une boule bardée d'épines a envahi ma gorge et je me suis mise à étouffer. J'aurais pu croire que j'allais mourir, mais j'avais souvent vu ça à l'hôpital, chez les femmes surtout, les femmes violées, en particulier. C'était horrible, ça ne passait pas et je me mettais même à prononcer des paroles que je ne contrôlais pas. Plus je parlais, plus mon corps m'échappait, plus je devenais flasque comme un poulpe, les mains agrippées à la table comme des ventouses. Je m'imaginais sous un rocher, écrasée entre le sable et les algues puantes, prisonnière de mes angoisses autant que de mes souvenirs. Edmond est resté près de moi tout le long de cette crise interminable. Ensuite, il m'a aidée à me lever et je suis allée m'allonger sur le canapé, dans le noir, pendant que mes filles dormaient.

Je n'ai pas fermé l'œil de la nuit.

C'est Edmond qui a préparé le petit-déjeuner et je suis montée dans ma chambre avant que les filles ne descendent se mettre à table. Il leur a dit que l'hôpital m'avait appelée en renfort pendant la nuit, mais il s'était occupé de tout, pas de problème.

Une fois les filles à l'école, il est revenu à la maison. J'avais repris ma place sur le canapé après avoir refermé les volets. Il m'avait rapporté des brioches, pour que je mange, il le fallait, quand j'en aurais la force. Il s'est assis sur le fauteuil, en face de moi. Il m'a dit que mon état de cette nuit lui avait révélé toute son impuissance. Il ne savait plus comment m'aider, il était dépassé. Les filles m'avaient fait de la peine, elles étaient désolées, l'avaient répété tout au long du petit-déjeuner, elles tenaient à s'excuser, et Edmond leur avais promis de me le dire le plus vite possible.

Cette crise a été un électrochoc. J'avais besoin de parler, mais comment ? Comment dire ce qui m'était arrivé sans m'effondrer complètement ? J'ai demandé à Edmond de m'emmener chez notre médecin, je n'avais pas la force d'y aller toute seule. Il m'a parlé d'un psychiatre en ville et m'a mise en arrêt de travail. Je devais prendre le temps de me reconstruire, laisser le traumatisme parler et l'écouter pour m'en débarrasser.

J'ai commencé les séances dès le lendemain. C'est mon médecin qui avait contacté le psy, c'était une urgence et le thérapeute avait trouvé une place pour moi en fin de journée. On était en plein mois de janvier et il faisait froid. Je claquais des dents dans le cabinet. J'avais peur du psy, je ne m'en rendais pas compte, mais j'avais confiance en lui aussi, sans savoir pourquoi.

Les semaines qui ont suivi ont été terribles. Des semaines d'angoisse totale, les volets fermés, sur mon canapé. Les filles ont remplacé la carabine par un téléphone portable. Avec Edmond, on avait déjà pensé le leur offrir après le drame, pour les suivre à la trace avec la géolocalisation, mais on ne l'avait pas fait. On était déjà devenus assez paranoïaques comme ça, ce n'était pas la peine d'en rajouter.

À cette période-là, les filles ont redoublé d'attentions pour moi, mais leurs efforts ne faisaient que décupler mon chagrin. Je pleurais sans raison, n'importe quand, les larmes coulaient sur mes joues et je sombrais dans un profond désespoir. Pour la première fois de ma vie, j'ai pensé à la mort. Pas celle qui vient vous faucher, celle que l'on provoque. J'étais tellement angoissée que je sentais l'oursin dans ma gorge toute la journée. Pas de traitement. Je n'en avais pas voulu et le psy ne m'en avait pas proposé. La parole comme seul remède et la patience des jours qui deviennent des semaines puis des mois pour sortir du gouffre.

Edmond souffrait lui aussi. Il fumait davantage sur le balcon, une bière à la main. Annie mangeait moins, Julie un peu plus. Un jour, je me suis aperçue que les couteaux étaient revenus à leur place, dans le tiroir de la cuisine, et j'ai enfin senti mes poumons se remplir et mon cœur se dilater.

Mon arrêt de travail a été prolongé et, pour faire passer la nouvelle aux filles, je leur ai proposé d'aller acheter des Converse en ville. Un vrai défi pour moi, mais quand je suis rentrée à la maison avec les quatre boîtes noires en carton, je me suis sentie plus solide. Les filles étaient ravies, Edmond aussi. Pas pour les chaussures, parce que j'étais sortie.

Longtemps j'ai cru que l'on pouvait toujours contrôler ses émotions, se donner un coup de fouet, faire face, avancer, se plonger dans le travail pour oublier ses problèmes et mettre un peu de fard à joue et de rouge sur les lèvres pour se donner bonne mine après une nuit d'insomnie. Mais les couleurs ont déserté ma vie, du jour au lendemain, et après une période de flottement où j'ai donné le change, je me suis écroulée.

Même mes filles n'ont pas suffi à me tenir la tête hors de l'eau, j'étais aspirée par les profondeurs, incapable de remonter à la surface.

Je pensais à mon père, je tremblais. Ma vie était devenue un enfer, je n'avais plus rien à quoi me raccrocher.

Heureusement, la neige a fondu et le printemps est arrivé.

Thérèse

Je crois bien que cette histoire a changé la vie d'en face. Et la mienne aussi. Le hic, c'est qu'on m'a pas dit grand-chose et que j'ai du mal à faire parler les filles au retour de l'école.

La maison est souvent fermée, même la journée.

On s'enferme chez la voisine.

Je respecte. J'apporte plus de ratatouille et j'espionne sans tirer le rideau. Je continue à me prendre pour Colombo, mais c'est moins drôle qu'avant.

Il se passe plus rien et quand ça sort enfin, c'est à toute vitesse.

J'ai même pas le temps de voir vraiment.

Faire la lessive, la vaisselle, le potager et le ménage, c'est bien beau, mais l'hiver ici, il y a plus de jardinage, encore les cuivres, mais c'est fait dans l'après-midi. Les journées sont longues, Laurence est revenue, mais elle n'est plus là pour moi.

Il y avait qu'elle pour accepter de discuter sans me claquer la porte au nez. Alors, pour faire passer le temps, je monte la garde et je fais les gros yeux aux inconnus qui passent dans la rue.

Le livre pour Julie, je lui ai pas encore donné. J'attends qu'elle vienne me rendre visite et ça me fera un bon hameçon pour en savoir un peu plus sur la situation, ça et les bonbons.

Après le petit souci (comme je dis aussi maintenant), les feuilles sont tombées et puis la neige est arrivée. La voisine s'est mise à travailler la nuit, rien que la nuit et à dormir la journée.

Là, on est pile le jour où Laurence court normalement. Maintenant elle reste enfermée chez elle, occupée à je ne sais quoi. Peut-être qu'elle fait du sport à l'intérieur, devant la télé, comme au temps de Véronique et Davina ? Qui sait ?

Je suis sûre que le grand air lui manque. À cause des hormones qu'elle a plus parce qu'elle court plus. C'est peut-être pour ça qu'elle remonte pas la pente, elle sort plus, plus du tout depuis quelque temps.

J'ai bien pensé frapper à la porte, lui offrir des chocolats, tout le monde aime ça. Je l'ai pas fait. J'ai pas osé. J'en ai acheté une boîte pour moi, mon fils en taule a pas besoin de ça.

J'ai bien pensé prendre l'excuse du chat, dire qu'il était patraque, demander un conseil de santé, comme ça.

Je l'ai pas fait non plus.

J'ai pas les mots pour lui remonter le moral parce que depuis le temps que ça s'est passé, j'ai bien compris que c'était un gros souci qui lui était arrivé.

Et plus je me fais ma petite idée sur le sujet, plus je préfère fermer les yeux et continuer mon train-train quotidien l'air de rien.

Sauf que ce matin, à cause de l'arrivée du printemps, j'ai des fourmis dans les jambes, envie de parler, de m'incruster au petit magasin pour tailler une bavette, mais je vais encore me faire virer. Personne n'aime les langues de vipère. Et c'est sûrement comme ça qu'on me voit, une langue de vipère avec des petites mains de voleuse.

On dit jamais que je suis une courageuse ! J'ai travaillé dur pourtant et c'était pas facile, mais ça, personne le voit.

Pour m'occuper, j'ai décidé de faire les carreaux, ça me fait un peu de *gymmastique*. Avant, je faisais ça pendant les étirements de la voisine, deux fois par mois.

En ouvrant mes fenêtres, je m'attendais pas à trouver en face tout grand ouvert et la musique à fond. Ça hurlait dans toute la maison. On aurait dit que ça tremblait de partout aussi, tellement que la musique gueulait, du boum boum de là où j'étais.

J'ai commencé à asperger le produit vitres, avant j'avais des appareils pour faire ça, des nettoyants spéciaux grandes surfaces, j'en ai plus besoin, j'ai tout mon temps pour astiquer et attendre que Laurence ferme les fenêtres quand elle aura fini de s'agiter toute seule chez elle, la musique à fond, pour me casser les oreilles, à la place de ses filles qui sortent plus beaucoup non plus.

Je me suis vite rendu compte que c'était la même chanson qui repassait en boucle. Le même refrain comme on dit. Le même boucan pour moi qui déteste la musique. Elle devait faire le ménage, les fenêtres ouvertes pour tuer les microbes à l'air du printemps.

Je serais bien restée là plus longtemps, pour la voir secouer son chiffon par la fenêtre de la cuisine et regarder le nuage de poussière retomber au sol, mais j'avais froid à force d'attendre, mes fenêtres étaient nickel, la musique continuait à gueuler, toujours la même et de plus en plus fort. À un moment donné, j'ai eu l'impression d'entendre sa voix. Elle essayait peut-être de chanter plus fort que la chanteuse, elle essayait de hurler, comme moi sur mes gosses, mais Laurence crie pas, elle peut pas.

J'ai fermé la fenêtre et repris ma place sur mon lit derrière le rideau pour voir quand elle allait (enfin) fermer tout ça. J'entendais déjà plus la musique. J'ai failli appeler Edmond, c'était pas normal quand même.

J'ai pas osé.

Je me suis dit, c'est pas tes affaires, elle a dû y passer, son compte est réglé, tu peux la laisser délirer, va rien lui arriver.

J'ai enfilé mes souliers, plié mon tablier, mis mon manteau, mon cache-nez et pris mes clés pour aller grappiller les potins au petit magasin. Lors de mon dernier passage, j'étais tombée sur l'employée et j'avais réussi à lui soutirer quelques rumeurs qui circulaient par-ci par-là, sur le banquier en particulier.

Impossible de pas penser à la vendeuse d'avant !

Ça collait, une fois de plus. Je m'approchais du but, j'ai rien dit pour mieux la laisser parler, sauf que la patronne est arrivée.

La musique hurlait toujours quand je me suis assise, comme une vieille, sur le siège de ma Deuche. Quand je l'ai eue, pour mes quarante ans, je frimais autant que la femme du banquier avec sa Mini. C'était quand même le modèle Charleston décapotable et facile à conduire. C'est devenu une pièce de collection qui me coûte un œil à entretenir, c'est pour ça que je la sors pas souvent. Elle est pas très grande, mais ça suffit largement pour une femme veuve, seule et sans enfants, sans petits-enfants non plus, qui prend un taxi (toujours le même) jusqu'à la prison pour être sûre qu'on lui fera la conversation.

La voisine… pas de voisine, personne derrière les fenêtres grandes ouvertes. J'écoute la musique, le bruit.

Les secondes et les minutes passent lentement, je veux partir, démarrer et trouver quelqu'un à qui parler.

La voisine…

C'est avec elle, bien sûr, que je voudrais causer.

Pas de voisine, que du bruit, musique à fond. Interdit de la déranger, la laisser, respecter… Et tout ça quand Edmond n'est pas là.

Un délire quoi.

J'ai fini par démarrer et, je sais pas ce qui m'a pris, j'ai roulé, roulé tout droit jusqu'à la prison, sans bonbons, sans biscuits, sans cigarettes, sans billets et sans rendez-vous, je suis allée retrouver mon fils en tôle, moi sa mère qui parle aux murs parce qu'elle a rien d'autre.

Je me suis garée sur le parking des visiteurs.

Et j'ai attendu.

J'ai regardé les gens descendre de voiture et aller, les bras chargés, rendre visite à quelqu'un d'enfermé.

C'est la vie, je me suis dit. Il y a des gens en prison et d'autres qui attendent leur sortie.

Là, j'ai pensé à la voisine.

Elle, elle a pas dû porter plainte, ça se serait su au magasin. Lui, il est pas enfermé et sa mère se retrouve pas condamnée à pleurer devant la grille de la prison en se reprochant d'avoir loupé son éducation.

Pour la première fois, je me suis demandé ce que mon fils pouvait bien trafiquer, seul dans dix mètres carrés, à longueur de journée. Je lui parle pas de ça, je lui demande jamais ce qu'il va faire après. Je lui donne les biscuits, les cigarettes (ses yeux pétillent) et les billets (ses yeux jubilent).

Je préfère pas savoir ce qu'il en fait.

Peut-être qu'il achète de la drogue avec, mais je m'en fous, je veux juste qu'il m'aime.

Je l'achète avec tout ça. J'achète son petit sourire en coin, mais il y a jamais de merci qui vient.

C'est comme ça, c'est mon fils, il veut plus que je l'appelle par son prénom, il dit que ça lui fout la honte. Alors je l'appelle plus, je le regarde et j'attends que ça passe, en me disant que c'est bientôt la fin.

Quand il va sortir, il sera tout seul et sans rien. Il va peut-être rentrer à la maison, mais je crois pas que d'ici là, à la prison, on lui apprendra la conversation.

Mon autre fils parlait, lui. Avec le temps, il a appris à se taire aussi. Et puis il est parti. Mon mari, je me souviens plus. Il fumait au lieu de parler, sans doute. C'est comme ça, il y a des gens qui parlent pas. Faut pas s'étonner que je sois allée voir ailleurs, mais à force d'embrouilles je me suis retrouvée toute seule, avec mon tablier et mes petits souliers, juste attachée à ma voisine et à ses filles (sauf quand elles crient) et à son mari aussi.

C'était plutôt reposant d'être assise dans la voiture à penser à mon fils sans me retrouver face à lui. Ça peut arriver à tout le monde, même à la voisine, si elle continue à déprimer dans son coin, sans parler, sans sortir. C'est ce qui arrive quand la douleur prend le dessus. On se tourne le dos, on se parle plus. Et c'est comme ça qu'on retrouve une vieille dans sa voiturette à compter les minutes de son rendez-vous manqué.

Pas besoin de prison pour se sentir enfermé, juste une histoire trop lourde à porter.

J'ai fini par rentrer. En route, j'ai fait quelques courses. Je me suis acheté des bouchées à la reine, une salade verte et un dessert au chocolat. Tout ça rien que pour moi, pour me faire plaisir, ce soir devant un film.

J'ai acheté de la litière pour le chat et des graines pour les oiseaux.

En arrivant devant chez moi, j'ai vu Laurence qui sortait de chez elle.

Je me suis arrêtée. Elle a fait pareil.

C'est elle qui a parlé la première.

— Ne vous inquiétez pas Thérèse, je vais faire un tour.

Je l'ai laissée filer, longue et fine, les cheveux courts, trop courts pour être jolie, loin d'être la bombe qu'elle était au temps de sa course à pied.

Je l'ai regardée disparaître dans sa voiture. J'ai même pas eu le temps de voir comment elle était habillée.

Ses volets étaient ouverts, ses fenêtres aussi. Elle avait dû péter les plombs.

J'ai failli appeler Edmond, une fois encore, une fois de plus.

Et puis je me suis dit qu'à sa manière, elle faisait le ménage, et qu'elle avait bien raison.

J'étais là pour surveiller de toute façon.

Cathy

Avec Célia, on a réussi les examens et on nous a proposé une formation avec des stages en magasin. On a accepté tout de suite. Pour la première fois depuis longtemps, je suis remontée au lotissement, le mari de ma copine voulait fêter ça.

Le champagne avait un goût amer ce soir-là, j'étais pourtant contente de moi et fière de Célia. Quand ils m'ont vue, ses enfants m'ont sauté dans les bras et ont réclamé Clément et Justine. Je n'avais pas eu le courage de les emmener avec moi, trop de souvenirs ici, trop de questions en perspective.

Le sommeil est revenu progressivement, mais je continuais à prendre des somnifères à base de plantes, sans ordonnance, pour éviter d'aller raconter ma vie à un médecin que je ne connaissais pas.

Parfois les enfants me demandent encore une balade en forêt, pour aller chercher des champignons. Ma mère habite en ville, alors on va au parc et de toute façon, les petits paniers sont restés dans la maison.

Elle a fini par être louée, en l'état ou presque. J'ai proposé aux locataires de mettre à la cave tout ce qui les dérangeait. Après, ils se sont débrouillés et j'ai enfin pu toucher le loyer et soulager ma mère de tous les frais que je lui infligeais depuis que j'avais débarqué.

Même avec ma ligne téléphonique coupée, j'espérais encore qu'il appelle. Il connaissait le numéro de ma mère. J'en rêvais la nuit. Je rêvais que tout était comme avant, je préparais l'omelette aux champignons, il rentrait, m'embrassait, on discutait, on parlait des enfants. Et puis je me réveillais, en sursaut, retour violent à la réalité, des questions plein la tête.

Personne à côté de moi pour me rassurer.

J'aimerais tirer un trait clair et définitif. J'aimerais y parvenir, mais je ne crois pas que cela soit possible. Maman me répète que tout s'arrange avec le temps.

On change, on évolue et on passe à autre chose, forcément, c'est comme ça.

J'ai beau me dire aujourd'hui, bien des semaines après, que mon mari est un monstre, il me manque quand même et reste le père de mes enfants.

J'ai beau me dire que je l'ai trahi à ma façon, je reste persuadée qu'il comprendrait et me pardonnerait s'il revenait.

Depuis sa disparition, je me cache, je fuis, j'ai toujours peur de croiser quelqu'un que je connais. Peur des regards en coin et des questions.

L'autre jour, quand j'ai rencontré ma voisine Camille au supermarché, j'ai cru que j'allais m'évanouir sur mon chariot. Mon cœur a failli bondir hors de ma poitrine et le sol se dérober sous mes pieds.

Elle n'a pas tourné la tête, elle s'est même approchée, m'a saluée gentiment. Je me suis calmée et nous avons échangé quelques mots. J'ai senti qu'elle ne me tenait pas pour responsable, au contraire, on aurait dit qu'elle avait pitié de moi quand je lui ai raconté le piège dans lequel mon mari m'avait fourrée.

On a évité le sujet de l'enquête et le rôle de son fiancé dans l'affaire. On a parlé de mes enfants et de leur nouvelle école en ville. Elle a évoqué son travail à l'hôpital, mais je ne l'ai pas écoutée. J'étais trop angoissée.

Au moment de se quitter, elle m'a souhaité bon courage avant de se précipiter à la caisse pendant que je continuais à me cramponner à mon caddie.

Là, j'en ai vraiment voulu à mon mari.

J'aurais pu inventer une belle histoire pour mes petits et moi aussi, nous bercer d'illusions, inventer une mort noble et héroïque pour sublimer l'absence et effacer le crime.

Je n'ai pas pu.

Alors on parle avec les enfants, on parle de papa qui n'est plus là et ne reviendra pas. Et on avance, ensemble, un jour après l'autre, main dans la main.

Edmond

Je parle avec mes filles, j'essaie du moins. C'est rapide, quand on sort de la piscine municipale, entre deux Mentos. Julie en mange maintenant, Annie continue à la charrier parce qu'elle n'ose pas ouvrir les yeux sous l'eau. Parfois je me dis que rien n'a changé.

Plus rien n'est comme avant pourtant.

Pour aider ma femme, je fais mon maximum. Elle continue à s'occuper des courses. Je n'ai qu'à prendre le drive en revenant du travail. J'emmène les filles à l'école et les oblige à me tenir la main jusqu'à ce qu'elles soient sous surveillance. Annie dit qu'elle se tape la honte à cause de moi, Julie ne se plaint pas. Je crois qu'elle préfère se coltiner son père plutôt que le bus. Le soir, c'est Charles qui les récupère ou sa femme de ménage s'il est trop fatigué. Il l'emploie davantage depuis que Laurence est sur le carreau. C'est une femme de confiance et par chance, les filles lui donnent la main sans râler. Grâce à eux, je peux bosser jusqu'à dix-huit heures et ça me soulage un peu. Je ne suis plus tranquille, même sur mon chantier, j'ai peur de Laurence et de ses réactions disproportionnées.

Bien sûr, je me doute que c'est le prix à payer, la conséquence du choc, du traumatisme. La policière nous l'avait bien expliqué au commissariat, mais je n'imaginais pas que nous en arriverions là.

À Didier, j'ose un peu raconter, dans les grandes lignes. Je ne veux pas trop révéler notre intimité. Il m'écoute, les mains dans les poches, bien embêté. Il dit que le travail fait tout oublier. Je pensais comme lui, avant. Maintenant, je suis scotché à mon téléphone, au cas où Laurence m'appellerait en urgence, ou pire, la voisine…

Je ne peux pas m'empêcher d'y penser…

Un matin de janvier, j'ai oublié de prévenir Laurence que je passais, en coup de vent, récupérer un outil et je l'ai retrouvée planquée sous la table de la cuisine, recroquevillée comme une bête sauvage.

Que faire dans un moment pareil ?

Je me suis approché lentement pour lui parler, je n'avais plus le temps de chercher mes mots. Elle était en sécurité, le taré avait décampé, il ne reviendrait jamais, j'étais désolé, j'aurais dû l'appeler avant… et je l'ai sortie de là doucement, avant de la soulever dans mes bras pour l'allonger sur le canapé. En la voyant dans cet état, j'ai eu envie de partir, quitter la maison, déménager. Laurence a refusé catégoriquement. Avec le recul, j'ai compris que ce n'était pas le moment. Il fallait affronter la situation et se donner les moyens d'en sortir.

Le soir, pour me détendre, je fais la conversation à Titi avec les filles qui me réclament une gorgée de bière, « pour goûter », avant de trouver ça « dégueu ». C'est comme un petit rituel entre nous, un petit jeu, avant que Laurence ne vienne commencer à préparer le repas. À ce moment-là, on s'en va.

Entre Laurence et les filles, c'est devenu un vrai chassé-croisé, surtout depuis leur dernière lubie.

Je ne sais pas comment cette idée saugrenue a germé dans leur esprit, mais si elles m'en avaient parlé avant, je me serais fâché sérieusement. Elles ne s'en seraient pas sorties avec quelques reproches chuchotés en bas des escaliers.

Quand elles ont demandé cette fichue carabine, à table, en guise de cadeau d'anniversaire, j'ai cru que Laurence allait craquer pour de bon. Elle s'est raidie, figée. Une vraie statue cramponnée à la table. On aurait dit qu'elle ne respirait plus. Les filles ont vite compris leur gaffe et ont détalé sans demander leur reste. Ça m'a laissé le temps de m'occuper de Laurence. La crise a duré longtemps, j'ai fait ce que j'ai pu, mais je me sentais impuissant.

Parfois, entre deux sanglots, elle posait une question ridicule du style :

— Les filles se sont lavé les dents ?

Je répondais par l'affirmative, je lui disais oui à tout, mais il m'arrivait de sentir mes pensées divaguer, s'en aller reprendre les cotes de mon nouveau chantier pendant que je la serrais dans mes bras.

À force de voir la souffrance sans pouvoir la soulager, on devient comme ça. On console en pensant à autre chose.

Ce soir-là, j'ai pensé à ma mère. Si j'avais pu, je l'aurais appelée. Pour me confier, me vider, me sentir épaulé, mais je suis sûr qu'elle m'aurait conseillé d'allumer des cierges à l'église, de prier et d'accrocher des médailles autour de mon cou au lieu de m'écouter.

Le lendemain, après avoir déposé les filles en faisant comme si tout allait bien, j'ai retrouvé Laurence en boule sur le canapé. J'aurais dû la consoler encore, la prendre dans mes bras, mais je n'en ai pas eu la force. Je lui ai dit que j'étais au bout du rouleau moi aussi.

Je me sentais dépassé, je ne savais plus comment l'aider. Les filles étaient vraiment désolées, s'excusaient, avaient insisté pour que je lui envoie un message à l'hôpital pour le lui dire tout de suite. Annie n'avait fait aucune blague de tout le trajet et Julie s'était remise à pleurer.

Laurence s'est redressée, les cheveux ébouriffés, puis elle m'a demandé de l'accompagner chez le médecin. Ensuite, tout s'est enchaîné, un psy l'a prise en main et les crises se sont multipliées.

Il fallait y croire, ne pas douter, se dire que c'était comme ça qu'elle allait s'en tirer.

Après l'épisode de la carabine, Didier m'a laissé m'absenter de plus en plus souvent. Je n'osais plus laisser Laurence seule trop longtemps, je rentrais pour déjeuner au lieu d'emporter un sandwich depuis que le médecin l'avait mise en arrêt.

J'avais peur pour elle à longueur de journée.

Cette épreuve m'a appris à parler, à mes filles, à Laurence et à mon beau-père aussi. Avec Didier, on a cessé les blagues pour discuter de choses plus sérieuses. On avait chacun nos problèmes, mais les miens, il me les laissait volontiers. Je crois qu'il était soulagé de savoir que j'avais fait déguerpir le banquier, mais s'il revenait ?

Je regrettais de ne pas l'avoir achevé. En rêve, je l'avoue, je lui ai réglé son compte de toutes les manières possibles. J'en suis même venu à le torturer et ça me faisait plaisir. Parfois, je le faisais rôtir comme un cochon à la broche pour mieux le découper en lamelles avec le couteau de cuisine que les filles avaient longtemps caché sous leur matelas. Au réveil, je me tournais vers Laurence, mais elle n'était pas là alors je me levais, un pas devant l'autre comme un zombie. J'avais l'impression d'être l'otage d'un film d'horreur, sauf que c'était la vraie vie.

Quand j'ai vu Laurence sans ses beaux cheveux, je ne l'ai pas reconnue.

J'ai compris à ce moment-là que c'était un moyen pour elle de mettre de la distance et j'ai pris soin de ne pas la toucher.

On ne dit pas ces choses-là. On ne dit pas que la victime s'enferme dans un cocon et qu'elle devient inaccessible. Je ne parle pas de nos étreintes d'autrefois qui nous avaient donné nos filles, je parle d'une caresse ou d'un simple baiser sur la joue. Elle se recule, se raidit, passe son chemin. On ne sait plus où se mettre et tout devient compliqué.

Plus tard, je me suis dit que cette nouvelle coiffure lui permettait aussi de passer inaperçue. Les hommes regardent moins les femmes aux cheveux courts. Pourtant, quelques semaines après le début de sa thérapie, Laurence m'a confié qu'elle sentait souvent ses cheveux la démanger depuis le viol. Elle employait à nouveau le mot exact, comme au commissariat, sa voix devenait plus grave, plus question de se voiler la face. Elle pensait que c'était à cause de sa main empoignant sa frange pendant qu'il l'étouffait. On sait comment. Elle coupait ses cheveux pour ça, pour être propre, vierge et empêcher quiconque d'avoir la moindre prise sur elle.

Pour moi, Laurence sans ses cheveux, c'était un affront de plus. Il lui avait tout pris, même sa beauté, mais comme pour le reste, je me suis habitué. Je l'aimais telle qu'elle était, absolument. Et je l'ai aimée les cheveux courts, malgré la douleur et l'éloignement.

Julie

Depuis l'accident, maman a les cheveux courts. Elle ne met plus de rouge à lèvres, elle a même jeté tous ses tubes à la poubelle. Annie les aurait bien voulus, mais elle n'a rien réclamé. Moi, j'aimais mieux ses cheveux au carré, je pouvais enrouler sa mèche autour de mon index, le soir, à l'heure du câlin, que nous ne faisons plus.

Papa affirme que tout s'arrangera, mais qu'il faut de la patience.

Il continue à nous emmener à l'école tous les matins. Annie et moi, on lui tient la main avant qu'il ne nous lâche au portail, sous les yeux de la maîtresse ou du surveillant.

« On aurait dû demander ça pour l'anniversaire ! s'est exclamée Annie euphorique (je reprends un mot de PDF, le seul qui convienne).

— Quoi ?

— Que papa arrête de nous tenir la main comme des petits enfants.

— C'est à cause du taré.

— Il a dit qu'il ne reviendrait pas.

— On ne sait jamais avec les tarés !

— Ça pourrait faire un cadeau de plus. »

En d'autres temps, on aurait pu suggérer cette idée. Annie s'en serait chargée, mais depuis que maman ne va plus travailler, on a bien compris qu'il vaut mieux s'en dispenser.

Comme tous les soirs, maman a passé beaucoup de temps à la cuisine, elle cuisine beaucoup depuis l'accident. On pense que ça lui change les idées. Après elle fait longtemps la vaisselle, elle lave par terre, puis va se doucher et part se coucher. Papa s'endort tout seul devant la télé, Annie évite de le réveiller, Titi n'est plus dérangé.

Après l'histoire de la carabine, maman a traversé une mauvaise passe et j'ai repris mal au ventre. Peur de quitter la maison, de la laisser toute seule, de ne plus jamais la revoir. Peur d'être abandonnée, comme elle avait été abandonnée par sa mère. Bien sûr, dans son cas, c'était à cause du cancer, une vraie maladie, pas comme maman, mais quelque chose me disait que son accident l'avait rendue malade vraiment, elle n'était plus comme avant.

Plus de robe, plus de jupe, plus de rouge à lèvres, plus de bleu autour de ses yeux. Un jean, toujours le même, un T-shirt blanc, un gilet à capuche et des Converse. On est descendues en ville les acheter ensemble un mercredi après-midi. Maman en a pris pour nous aussi et nous a laissées les choisir. Celles de maman étaient blanches, celles d'Annie roses bien sûr et les miennes bleues. Presque le drapeau français, mais pas tout à fait.

Papa en a eu une paire aussi. Tous pareils, unis dans une même douleur.

Un jour, j'ai oublié le couteau sous le matelas. Je me suis rendu compte plus tard que je ne l'avais pas glissé dans mon sac le matin, en catimini, avant de partir. J'en ai parlé à Annie, elle m'a dit que ça lui était arrivé à elle aussi.

On a décidé de remettre les couteaux dans la cuisine et Annie est retournée dans son lit.

Papy a donné tous les habits de mamie. Il y a eu des ouvriers à l'étage de sa maison, il a tout fait refaire du sol au plafond. Avant de commencer, il nous a prises par la main, Annie et moi, et nous a emmenées dans la chambre de mamie d'abord, dans la bibliothèque ensuite. Pendant ce temps-là, Katia nous a préparé des cookies à la cuisine.

Papy n'avait pas la même chambre que mamie. On s'est souvent demandé pourquoi et j'ai profité de l'occasion pour poser la question.

Il nous a gentiment répondu qu'avec la maladie, c'était plus pratique.

On a compris pourquoi papa passait ses nuits à ronfler tout seul, lui aussi.

On a eu le droit d'emporter ce qu'on voulait, papy comptait tout donner après. J'aurais bien pris le secrétaire de mamie, mais il était trop lourd et totalement périmé, démodé, vieux, horrible selon les termes d'Annie. On a laissé les livres et pris les cahiers, les photos aussi. On a sacrifié les disques et oublié le coupe-papier.

Quand papy nous a annoncé, debout et sans canne, que Katia allait venir s'installer chez lui, on a applaudi, on a promis, juré, craché de garder le secret.

Et le soir, on a tout raconté.

Charles

C'est sans doute parce qu'elle s'est repliée sur elle-même que Laurence n'arrive pas à remonter la pente. Edmond parle de moments d'angoisse, de phobie, de paranoïa. Il est obligé de frapper avant d'entrer chez eux, sinon elle panique.

Un matin, suite à une histoire de cadeau d'anniversaire, Laurence a enfin demandé à Edmond de l'emmener chez le médecin. Souvent il lui avait conseillé de le faire, à court de solutions pour l'aider, mais elle avait toujours refusé.

Le médecin a appelé un psychiatre qui l'a reçue dès le lendemain dans son cabinet. Encore un homme, face à elle, pour faire jaillir les mauvais souvenirs, mais elle a demandé à y retourner.

Pas de traitement. Elle n'en voulait pas et il n'en avait pas proposé. Elle voulait s'en sortir par elle-même, avec Edmond.

Je crois que c'est la différence avec nous. Anne vivait dans son monde et gardait sa douleur pour elle, Laurence et Edmond ne font qu'un, vraiment.

Nous, nous étions double, duo, tandem, mais pour résister aux chocs de la vie, il faut être ensemble à la même place, au diapason. Et cela, comme dit Katia, c'est une manière d'être, une façon de se compléter qui n'est pas donnée à tout le monde.

Quand Katia a commencé à s'installer chez moi, on a demandé aux filles de garder le secret, sans leur dire que c'était pour protéger leur maman. Laurence s'est montrée assez forte pour donner le change jusqu'à maintenant, mais depuis qu'elle va chez le psy, Edmond dit qu'elle s'effondre complètement. Ce n'est donc pas le moment de lui parler de tout ça, mais plus les semaines avancent, plus Katia pense que les filles ont lâché le morceau. Je me demande si c'est pour cela que Laurence ne m'appelle plus, ou si c'est à cause de sa thérapie, de la descente aux enfers qui l'accompagne. Moi, je me sens de mieux en mieux, après tout ce que j'ai traversé, c'est presque un miracle en définitive.

Avec Katia, il nous est arrivé de parler de mon éventuelle rechute. Personne ne s'explique l'amélioration soudaine de mon état, mes os restent fragiles, je peux me briser à nouveau demain et me retrouver à l'hôpital, ou chez moi dans un lit médicalisé. Dans ce cas-là, Katia aura besoin d'une pièce pour elle, quoiqu'elle dise que dormir sur un matelas ne la dérangerait pas.

Quand le printemps est arrivé, j'ai décidé de débarrasser les vieilles affaires d'Anne. Katia s'y est opposée. *Les filles les utilisent pour jouer*. J'ai entendu ses arguments, mais j'ai quand même profité de la semaine où elle rentrait chez elle pour aborder le sujet avec Julie et Annie.

Résultat : tout a été débarrassé et elles ont gardé ce qu'elles voulaient.

Katia s'est inclinée, un peu gênée je crois, certainement touchée aussi, sans pouvoir le dire.

Les travaux se sont prolongés sur les trois premières semaines d'avril. J'ai pris mon mal en patience et, quand j'ai vu le résultat, j'ai rêvé d'en profiter le plus longtemps possible.

Maintenant que la maison est remise à neuf, les filles trépignent d'aller en Camargue pour voir à quoi ressemble celle de Katia. Je suis tout aussi curieux qu'elles, mais j'attends le moment propice pour en parler à Laurence.

J'attends surtout d'avoir le courage de lui avouer que j'ai remplacé sa maman, mon amour, mon adorée, la plus belle rose de mon jardin…

Et puis, je me suis entendu ressasser ma déclaration d'amour à rallonge et je me suis senti idiot. C'était comme les gros traits noirs autour du Granier sur mon aquarelle ratée.

Avec Katia, il n'y a pas d'envolées lyriques, pas de longues lettres enflammées, pas de mots d'amour griffonnés un peu partout, pas de promesse d'éternité, et pourtant…

On a soudain sonné à la porte, je n'attendais personne. C'était sans doute l'un de ces vendeurs ambulants, ou peut-être Katia, déjà là, pour me faire une surprise ?

Curieux et impatient à la fois, je suis allé ouvrir en prenant tout de même mes précautions pour ne pas tomber dans la précipitation.

Je n'avais pas envie que mes nouveaux projets volent en éclats à cause d'un mauvais pas.

Laurence

Un matin, début mai, les filles à l'école, Edmond sur son chantier, j'ai eu la force d'ouvrir un volet.

Il y avait un CD dans la chambre d'Annie, prêté par une copine. Je l'ai pris.

Je n'avais plus écouté de musique depuis ce jour-là. Plus de musique dans ma tête depuis des mois.

On était vendredi, je ne m'en étais pas encore fait la remarque. J'aurais dû aller courir à cette heure-là, sortir de chez moi, baskets aux pieds, musique dans les oreilles pour faire le grand saut et me retrouver au plus près de mes rêves dont il ne me restait rien.

Je me suis assise par terre, sur le parquet, pour écouter.

Une voix de femme, rauque et puissante, pas un frisson, rien, le vide et pas de larmes.

C'était ça, la mort, je me suis dit.

Je ne regrettais pas mon choix, je ne voulais pas déballer mon histoire dans un tribunal, je ne voulais pas me retrouver face à lui devant des juges qui n'auraient pas compris. Je rêvais de l'étrangler de mes propres mains, sachant très bien que je n'en aurais pas eu la force, un seul regard de lui et je me serais étalée comme une loque.

C'était ça, la mort.

Et même si Edmond me répétait que je n'avais plus rien à craindre et qu'il ne reviendrait pas, une partie de moi ne l'entendait pas.

Il y a eu une chanson, mélodieuse et que je n'avais jamais entendue. Pas la voix du chanteur que j'écoutais depuis des années dans mon lecteur et que j'avais perdue en même temps que moi. Piano puis voix et batterie, rythme basique, régulier. J'ai senti mes mains s'enflammer, pas mon ventre, mes mains pour la première fois, en feu, des poings et je me suis levée d'un coup pour frapper, cogner, exploser l'air de ma maison aux volets trop longtemps fermés. Mes doigts grésillaient, ardents, mes bras armés et mon corps relevé droit sur la musique que je faisais hurler dans le salon sans me rendre compte que je hurlais plus fort encore, de haine, de détresse et de douleur.

De libération aussi.

J'ai programmé la chanson en boucle et le temps s'est étiré sans que je le compte. Il me suffisait d'entendre le piano pour me remettre au calme avant de taper du bout des pieds pour lever les bras et sentir les frissons parcourir mon corps. Des frissons de désir, de le tuer d'abord, de me sauver ensuite.

Je n'ai pas dit à Edmond ce que j'avais fait ce matin-là et les jours qui ont suivi. Ces jours où je remettais en boucle la chanson d'Annie. J'en oubliais le ménage, je dansais en secret, je hurlais, les volets à nouveau fermés. La rage au ventre d'avoir mis des idées de carabine dans les cadeaux d'anniversaire de mes filles. Après, pour me calmer, je prenais le livre de Julie. Quelques pages chaque jour, quelques pages à recommencer le plus souvent parce que mon esprit était ailleurs, tout simplement.

J'ai parfois vu des femmes détruites comme moi, à l'hôpital. Pas toujours violées, mais ravagées, démolies. J'ai vu des hommes aussi, dans ce même état. Ça peut arriver à tout le monde, on n'est pas faible pour autant. Un jour, ils finissent par sortir. Ils retournent à leur vie et on n'en entend plus parler.

Il y en a toujours d'autres pour venir les remplacer.

La semaine suivante, le vendredi aussi, juste après le départ des filles et d'Edmond, j'ai à nouveau eu le courage d'ouvrir un volet. La veille au soir, les filles m'avaient fait jurer de garder le secret des affaires de mamie que papy avait enlevées pour laisser de la place à Katia. Elles avaient bien tenu leur langue ! Les travaux étaient finis et elles trépignaient de me montrer enfin les vieilles photos en noir et blanc qu'elles avaient récupérées et qui étaient, je le savais, cachées dans une boîte sous le lit de Julie. Edmond a eu la présence d'esprit de dire qu'il était trop tard et qu'on les regarderait un autre jour, ça me faisait trop d'émotions d'un coup.

Sans réfléchir, j'ai pris les ciseaux de la cuisine et devant le miroir de la salle de bains, j'ai coupé tout ce qui avait eu le temps de repousser sur ma tête. Plus court que l'infirmière au piercing. J'ai coupé au maximum et je me suis regardée bien en face.

Je me suis maquillée. Je n'étais plus assez belle pour m'en dispenser. Je n'avais plus d'autre possibilité que de sourire. J'avais jeté tous mes rouges à lèvres après ce matin-là, je suis allée fouiller dans les affaires d'Annie. Un de mes vieux tubes carmin traînait dans son sac à main en jean. Il y avait un petit miroir, je me suis assise sur son lit et j'ai appliqué le rouge en une dizaine de couches pour être sûre que j'en avais pour un moment. J'ai rangé le tube et le miroir à leur place, dans le sac.

Il y avait un couteau en plastique et des cigarettes en papier, un reste de Mentos et un paquet de biscuits écrasés. J'ai piqué un Mentos au passage, et je suis retournée dans ma chambre pour prendre une robe dans le placard. J'ai mis des boucles d'oreilles, pas de collier, peur d'étouffer. J'ignorais qu'il me faudrait des années pour me laisser approcher à cet endroit-là de mon corps ravagé.

Je suis retournée au salon pour enclencher le CD et j'ai dansé sans hurler.

Je ne dansais plus avant, Edmond ne danse pas, je n'y pensais plus.

J'ai dansé, dansé, dansé. De tout mon corps autant que de mon âme.

J'ai dansé pour sentir que ma peau pouvait frissonner autrement que de peur.

Et puis, j'ai laissé la chanteuse à sa chanson cent fois répétée, pour m'avachir sur le canapé, épuisée.

J'aurais voulu m'endormir, me reposer, mais j'ai pensé à ma tête sans cheveux pour repartir à zéro et inventer une autre vie.

Beaucoup de choses avaient déjà changé. Annie regardait *Plus belle la vie*. Elle commençait même à s'en lasser. Elle avait une tablette pour habiller ses modèles et soigner son chien et on lui avait finalement promis un téléphone portable pour son anniversaire, c'était mieux que la carabine. Julie ne pleurait plus, elle voulait comme sa sœur un smartphone, mais pour m'envoyer des SMS avec plein de smileys. Edmond aussi avait changé. Il s'occupait des filles, continuait les Mentos après la piscine, avec un nouveau maillot de bain pour Julie et un bikini pour Annie. Les filles avaient grandi pendant que moi, je me détruisais petit à petit.

Une fois seulement j'avais trouvé la force de les emmener acheter des Converse. Un seul magasin parce que j'en avais besoin.

De son côté, mon père tenait bon, pas d'hospitalisation depuis mon accident de la vie. Je ne pouvais pas le voir. J'avais réussi à l'appeler en février, ça m'avait fait du bien d'entendre sa voix, mais depuis la crise de la carabine je m'étais à nouveau repliée sur moi-même et c'est Edmond qui avait pris le relais.

Sur le canapé, ma jolie robe légèrement froissée, j'ai pensé à lui, comme souvent, comme toujours. J'ai pensé que depuis ce vendredi-là j'avais cessé de veiller sur lui et qu'il était toujours là, moins malade qu'avant, debout, à préparer des chocolats chauds aux filles tous les après-midi après l'école avant de les aider à faire leurs devoirs pour que je puisse me soigner. Comme si j'étais malade, comme lui avant, comme ma mère autrefois. J'ai pensé qu'à ma place il y avait Katia.

J'ai allumé l'ordinateur et je me suis fait un café. J'aurais pu avoir froid dans ma robe courte, mais mon esprit était bouillant et ma fougue me donnait chaud.

J'ai tapé Valparaíso.

La chanson reprenait au début. Piano.

J'ai vu la carte, les couleurs surtout, la Vallée du Paradis.

La chanteuse a lancé sa voix, batterie sous les pieds.

J'ai cherché un hôtel, enregistré des dates fictives, des dates de trois mois plus tard, comme ça, juste pour voir.

Une maison à étages est apparue, avec piscine et vue sur la baie.

J'ai cliqué, trouvé une suite, un balcon et le paysage sur autre chose que sur ma douleur écrite en lettres noires sur le livre de Julie que je n'avais pas eu la force de terminer.

J'ai réservé, dans un mouvement de folie.

Sept nuits dans cet hôtel-là, pas une caravane, une suite avec balcon face à l'océan.

La chanson a repris au début, j'ai haussé le volume.

Le café, je l'ai bu.

J'ai imprimé la réservation de l'hôtel avant de la glisser dans une enveloppe que j'ai rangée dans un tiroir.

Pour les billets d'avion, on verrait plus tard. Il me manquait les passeports, rien de bien compliqué.

Et puis j'ai ouvert les volets et les fenêtres. J'ai haussé le volume de la musique au maximum, toujours la même chanson du CD d'Annie que je prenais soin de remettre en place chaque soir avant son retour. Et j'ai dansé, soulagée, me croyant soudain capable de chanter plus fort que la chanteuse.

J'ai dansé, sans hurler dans ma tête, pour la première fois depuis des mois.

Après, j'ai remis ma robe en place, j'ai retouché mon maquillage, enfilé mon manteau et pris mes clés sur la porte d'entrée.

En sortant, je suis tombée sur la voisine.

Première fois depuis l'accident.

— Ne vous inquiétez pas, Thérèse, je vais faire un tour.

Je voulais la rassurer, je n'avais ni le temps ni l'envie de discuter. Une idée me trottait dans la tête et la peur qui allait avec, mêlée au soulagement de sortir enfin de ma tanière.

Je n'ai pas tardé à démarrer, la musique s'est enclenchée automatiquement et, comme par hasard, c'est la voix du chanteur de mes escapades dans les bois que j'ai entendue à ce moment-là.

Une chanson pour un trajet.

Les dernières notes toutes de violon m'ont donné la force de me garer et de reprendre mon souffle avant d'aller sonner.

Valparaíso

Il n'est pas arrivé tout de suite. Il a pris le temps, sans doute, de se déplacer en faisant attention à ne pas chuter.

Je tournais le dos à la porte, à cause de l'œilleton. Je ne voulais pas me sentir observée de cette façon.

J'ai vu ses vieilles mains ridées à la peau ramollie se mettre à trembler.

On est restés figés. On ne savait pas comment faire.

Les larmes aux yeux, il m'a prise dans ses bras. J'ai senti mes os craquer, je n'étais que poussière à l'intérieur.

Je suis entrée, comme si de rien n'était, en lui demandant un café.

Le regard que mon père me portait n'avait pas changé, il était aussi doux que lorsqu'il m'offrait des vêtements de poupée dans le petit magasin.

Il a fini par me demander comment j'allais.

— Et s'il se venge sur les filles ?

En crachant la question suspendue à mes lèvres depuis des semaines, j'ai eu l'impression d'arracher la corde qui me pendait au cou.

Papa m'a assuré que Edmond l'avait chassé à grand renfort de coups de poing. Il ne reviendrait pas et tout le village était avec moi.

J'ai senti mes os durcir et la poussière sur ma peau se retirer.

Edmond ne m'avait rien dit, pour me protéger, sans doute, mais il avait fait ce qu'il fallait pour nous mettre en sécurité. J'ai pensé à la réservation de l'hôtel dans l'enveloppe au fond du tiroir. J'ai pensé à notre premier baiser, à ce bal où je l'avais fait danser. J'ai pensé au lit de nos noces quand son corps tremblait de peur de ne pouvoir m'aimer.

Les rôles s'étaient inversés.

Papa m'a tout raconté, en détail. Sa femme était partie avec les enfants, immédiatement. Lui s'était évaporé dans la nature.

— C'est grâce à Edmond ! a dit mon père en guise de conclusion.

Mon mari ne s'en était pas vanté. Ce n'était pas son genre.

Contre toute attente, papa s'est levé sans canne. Je ne l'avais pas vu si vaillant depuis longtemps.

— J'ai rencontré quelqu'un, m'a-t-il avoué, un sourire en coin, mais un peu gêné quand même. C'est la sœur d'Ewa, tu te souviens ?

Il m'a parlé d'elle. Il l'avait déjà présentée aux filles, je le savais, mais je n'ai rien dit.

Et tout ça en combien de temps ?

Combien de temps pour que la vie bascule, pour le meilleur ou pour le pire ?

Pour meubler la conversation, j'ai évoqué mon idée de voyage, sans préciser que je venais de réserver un hôtel dans un coup de folie. Papa a soudain changé de visage, rempli d'espoir.

— Tu en rêvais depuis si longtemps… Tu vas emmener les filles ?

— Si tu veux bien t'en occuper, j'ai pensé qu'avec Edmond, ça nous ferait du bien de…

— Avec plaisir ! Katia nous a invités chez elle, en Camargue. Julie et Annie vont adorer les flamants roses. Elles seront ravies de voir la mer aussi.

Pour les détails, on verrait plus tard, mais en attendant je me sentais légèrement euphorique après notre discussion. Toujours, j'avais vécu sur un fil droit, jour après jour, sans trop réfléchir si ce n'est peut-être lorsque je courais dans les bois. Et voilà que je faisais les montagnes russes, passant du rire aux larmes, le feu dans la peau.

Je n'ai pas embrassé mon père avant de partir, mais je lui ai promis que je reviendrais bientôt. Puis je suis rentrée chez moi, décidée à faire une belle maison pour annoncer tout ça à Edmond.

En rangeant le salon, je suis tombée sur le livre de Julie et j'ai réussi à le finir. Je l'ai terminé sans m'arrêter cette fois. J'ai pleuré aussi, un peu, parfois.

Là, j'ai compris que si la guerre était en moi, la résistance aussi, comme dans le livre. Et puis je me suis dit que face à la douleur on est tous pareils, à trembler comme des feuilles, à verser des larmes d'eau ou de vide.

Papa a beaucoup pleuré, en secret, je le sais. Edmond a-t-il pleuré à cause de moi, comme mon père à cause de ma mère ?

Pas devant moi.

J'ai interrogé ma vie, notre vie, notre amour.

J'espérais encore, même après le pire, qu'à son retour il regarderait ma robe d'abord, mes jambes ensuite. J'espérais que les collants noirs feraient leur effet et que mes cheveux trop courts ne le rebuteraient pas.

Quand Edmond est revenu, tôt pour une fois, je venais de poser *La Douleur* sur le lit de Julie, avec un cœur rose, en Post-it sur la couverture trop triste.

Je suis restée un moment cachée derrière la porte. Peur de me présenter avec mon maquillage et ma robe, mes boucles d'oreilles et mes cheveux coupés. Et puis j'ai trouvé la force de me montrer.

Difficile de décrire son visage, mais les larmes, je les ai vues monter et c'est moi qui suis allée les essuyer.

On s'est serrés dans les bras, longtemps, avant d'aller s'asseoir au salon.

Edmond a poussé un long soupir après le récit de mes retrouvailles avec mon père. Les larmes sont revenues et il m'a dit que j'étais belle.

J'ai baissé les yeux.

Je me suis levée et j'ai pris l'enveloppe dans le tiroir avant de la lui confier. Il l'a attrapée de ses longues mains larges d'artisan, maladroit avec le papier blanc. Peur de salir, de ne pas savoir lire ou comprendre, ce qui revient au même.

Il se sous-estimait toujours, et pourtant.

— Papa va s'occuper des filles avec Katia et nous, on va à Valparaíso.

Il s'est levé pour me prendre dans ses bras. Il m'a serrée de toutes ses forces, en silence, sans pleurer.

On a parlé, planifié. On en a presque oublié l'accident et ses conséquences sur nos sentiments, toujours à fleur de peau.

Les filles sont rentrées, surexcitées. Papy venait de leur promettre de les emmener en vacances et elles s'écharpaient pour savoir laquelle des deux raconterait la première les détails de cette escapade inespérée.

Avec Edmond, on leur a demandé de s'asseoir devant la cheminée pour leur expliquer, planisphère à l'appui, qu'on partirait bientôt en voyage, dans un beau pays d'Amérique appelé Chili.

— On vient aussi ? a demandé Annie.

— Mais non, bécasse, nous on reste avec Katia et papy !

Et les chamailleries ont repris.

Annie a dit qu'on avait intérêt à lui rapporter des cadeaux, Julie a seulement réclamé une carte postale et elles se sont précipitées dans la chambre pour faire la punition que Annie avait reçue pour bavardage à répétition.

La réservation est restée bien en évidence sur la table du salon et, faute de temps, on a remplacé la quiche par des croque-monsieur.

Les filles étaient ravies. Pendant le dîner, j'ai bien vu qu'elles s'échangeaient des regards complices pour savoir laquelle des deux allait prendre la parole en premier. Je m'attendais au pire et je n'étais pas la seule.

Finalement, c'est Julie qui s'est lancée.

— Au fait, maman, on voulait te dire, tu es très jolie dans ta robe. Ça nous plaît beaucoup et les cheveux aussi.

J'ai souri, Edmond a soufflé, et la soirée s'est écoulée, calme et apaisée, pour traverser la nuit et inventer un nouveau matin.

pca
cmb
édition pré-presse
livres numériques

44400 Rezé

Cet ouvrage a été achevé d'imprimer
dans les ateliers de Normandie Roto Impression s.a.s.
61250 Lonrai
N° d'impression : 1905707

Imprimé en France